JN073347

J

寂聴最後の恋

延江　浩

幻冬舎文庫

J

寂聴最後の恋

目次

プロローグ 6
雄牛の首のスペインレストラン 19
黒髪 25
京都 34
人生相談 49
私は小説が書きたいの 56
ウブ 66
丹羽文雄邸 77
流行作家 82
井上光晴 102
パラレルワールド 116
二人キリ 132
お宮のけしき 139

ジャッキー 149
得度 158
ブラジャー 162
朝嵐夕空 183
牛 190
ドンファン 195
眉山 199
ふしだら 208
うそ 221
エピローグ 244
参考文献 256
解説 佐々木恭子 260

プロローグ

母《も》袋《たい》晃《こう》平《へい》とはときおりワインを楽しむ仲だった。白海老のマリネ、ニギスのフリット、あるいは村上牛ランプのビステッカなどを食べながら。麹町にある、新潟市出身のオーナーシェフの小さなワインバーで、彼女の新潟地産の料理に舌鼓を打っていた。

この店はワインのセレクションが洒落ている。

「お久しぶりです。元気ですか？」

母袋からラインを受け取ったのは一昨年の師走だった。

「急で申し訳ございません。今晩、いかがですか？」

何年ぶりだろう。時が過ぎるのは早く、三、四年、店とも彼ともご無沙汰だった。

私は皇居半蔵門近くのＦＭ局で音楽番組をプロデュースする傍ら、早稲田大学国際文学館（村上春樹ライブラリー）の運営に関わり、詩を学び、小説を書いてきた。

六十を過ぎて少しばかり自由な時間が増え、気が向けばワインバーに足を運ぶようになった。そこで知り合ったのが母袋だった。

彼は先に店に来ていて、ミネラルウォーターの入ったグラスを前に文庫本を読んでいた。

私を見ると本に栞《しおり》をはさんで閉じ、間をおいて微笑んだ。

端整な顔には無精ひげ。赤みがかった目に無頼な印象をもった。髪のところどころに白いものも交じっている。

「何かあったのか？」と私は訊いた。「いえ」。彼は手を振った。

私はブルゴーニュのアンリ・ジャイエを勧めた。このワインは陰鬱さがあり、愛嬌を振りまく華やかさこそないが、地に足のついた滋味がある。「相変わらず、ワインに詳しいですね」。そう言って母袋は大ぶりのクリスタルグラスを掲げた。

「それは君も同じだろう」。そんな私の返答を聞いているのかどうなのか、注がれたブルゴーニュをゆっくり口に含み、色合いを確かめ、もう一口飲むと「美味しい」と呟き、「ただ、悲しいだけです」。

かつて愛した恋人が亡くなったのだという。

ワインの酔いが彼の口を開かせた。抱えていた深い悲しみを溶かすように。

「今となっては、もどかしい気持ちばかりです」と母袋はひとりごちた。

「先生はいなくなり、ぼくはこうして残されている。それを考えると、瞬間と永遠がもつれ合っているような気分が続いて……」

もうこの世にいないからと、母袋は恋人だった女性の名前を明かした。仮にJとしておこう。天台宗の尼僧、僧位は権大僧正、誰もが知る高名な小説家である。

母袋は彼女にとって最後の情夫だった。

彼がトイレに立った隙に、コント・ジョルジュ・ド・ヴォギュエはあるかとオーナーに訊いた。硬く、飲み頃が難しいが、タイミングが合えば背徳的な感覚に陥らせるワインだ。

母袋は大学時代、体育会のバレーボール部に所属し、今は洗足池ほとりの戸建てに妻と私立中学校に通う一人息子と住んでいる。百九十センチを超える長身で色黒の優男。大手商社に勤めていたが、親の資金援助を得て会社を起こす目論見で退社した。

退社に伴う有給休暇でドイツのナショナルチーム、ディー・マンシャフト《Die Mannschaft》

のゲームを観戦していたところ、取材で訪れていたサッカー好きな有名作家と懇意になり、その縁で電子書籍ビジネスを立ち上げたこともあった。

彼の父は戦前、陸軍士官学校を出て戦闘機に乗っていた軍人だった。終戦後、自衛隊に入ってジェット戦闘機に乗り、その後日本航空に移って国際線のパイロットになった。日本航空がサンフランシスコにパイロットスクールを設立すると、そこの校長となった。

母袋晃平はそこで生まれた。父が五十を過ぎての息子だった。

休日は州中西部にあるナパヴァレーに家族で出かけた。そこにはフランシス・フォード・コッポラも惚れ込んだ、イングルヌックというワイナリーがある。

父はパイロット時代に愛用していたレイバンをかけると、メルセデス・ステーションワゴンのハンドルを握り、フランク・シナトラが歌う「アイ・ゲット・ア・キック・アウト・オブ・ユー」を聴きながらワイナリーを巡った。

母袋の口からは「シルヴァラード・ヴィンヤーズ」、「シェーファー・ヒルサイド・セレクト」、「サン・スペリー」など、マニアックな銘柄がすらすら出てくる。ワインに通じているのは幼い頃、ナパ近郊で過ごしたからだ。付け焼刃の私とは違う。

母袋の両親は仲が良かった。

日本で英語教師をしていた母は現地で訓練生に英語の手ほどきをしたり、一方でアメリカ人に日本語を教えたりした。

家族揃ってドライブイン・シアターで映画を観、夏になれば盆踊り大会を企画した。父はスクールの庭に訓練生と組んだ櫓《やぐら》に登って浴衣に鉢巻き姿で太鼓を叩いた。

母袋は現地のミッションスクールに通い、日本に帰国すると帰国子女枠で早稲田実業学校高等部に入り、そのまま早稲田大学へ進学した。

帰国子女の特徴なのだろうか、世故にたけたジョークなど口にせず、少し距離を置くゆったりした物言いはどこか自身が成長するのを拒んでいるようだった。

ハンサムな上に、さらりとした洒落っ気があり、時にとびきりの美女を連れていることもあった。

社会の慣習を気にすることなく、屈託なく暮らしていた彼は性愛というものに排されることはなかった。過去にすがるタイプではなく、陶酔や興奮、未練という幾分湿った感情とも無縁に見えた。

母袋が恋愛をする時、大体は真面目だった。ただ、真面目であればあるほどそれは真面目な恋にはならず、単なる情事で終わっていた。これは本当の恋なのだと思い込もうとしても、ガールフレンドたちは母袋は自分を本当には愛していないと察して離れて行った。

スマートでそつがなく、複雑で込み入ったことには近寄らない。その虚ろさが魅力というのか、すらりとした長身は空虚な筒のようで、それまで付き合ってきたガールフレンドたちは単にその筒を通過しただけのように思われた。

三十を過ぎ、母袋は結婚した。

同じ年齢の、同じ職場で働くごく普通の女性だった。

私と結婚しない？　と言われ、まあ、いいかという具合に。一定の年齢に達すれば家庭を持つことは当然だという、可もなく不可もない結婚に母袋は満足した。

だからこそ、数年ぶりに会ったその夜の母袋の様子が意外だったのだ。

彼が閉じた文庫本はかつての恋人の著作だった。

二〇一一年、彼女が数え九十歳にして泉鏡花文学賞を受賞した『風景』に収められていた短編「車窓」の冒頭部分に栞がささっていた。

母袋に会ったのは、Ｊという女流小説家の死が明らかになった翌月のことだった。

享年九十九。彼女の死に日本中に喪失感が広がっていた。得度《とくど》したのもこの世を去ったのも十一月。出家がこの世との別れを意味するものなら、Ｊはこれで二度の死を迎えたことになる。

性愛を見つめた小説を書き、多くの女性革命家の伝記も手がけ、長い年月をかけて『源氏物語』の現代語訳もやり遂げた。

若き日に、あろうことか夫の教え子と恋に落ち、夫と幼い娘を捨てて出奔、小説家として名を成した後、五十一歳で出家し僧侶となった。

母袋は彼女のことをよほど誰かに話したかったのだろう。

私は仰天し、痺《しび》れながらも手帖を取り出した。

贅沢な恋愛をさせてくれた恋人と別れ、ただの男になりさがって家庭に戻り、どこかの路地でかつての恋人の死を知ったであろう母袋の声はしとしと降る小雨のように寂しげだった。

母袋の話を聞いたその日のうちに簡単にメモをまとめ、編集者の壷井円に送信しておくと、彼女からメールが届いた。

「メモ拝読。最後の情夫であり、妻子ある男の、滑稽で情けなくて、でも本気の恋」

彼女の上司である石原正康からは、「ここには『自由』がある。出家程度では収まらなかった恐ろしい生命力が伝わってくる。書き手の表現力もフリージャズに似た『自由』がある。早く書いてください。Jも待っている」。

母袋はそれから何度となく恋の遍歴を私に披露した。

彼の記憶力に舌を巻いた。思い出の断片は彼の人生に浮かぶ小島のようだった。

微笑みであったり、怒りであったり、彼にはおよそ似つかわしくない嫉妬の島もあった。

私は母袋の話を聴きながら、小島と小島の間を彼が愛した女性が残した文章で埋めていった。次々に風景が変わっていく。母袋の声色は思い出のそれぞれにマッチし、その愉悦やユーモアに思わず声を出して笑ってしまうこともあった。子どものように無邪気な喜びや性の重大事にかかわった興奮の痕跡もあり、彼はずいぶんその恋に夢中になったのだな、その女性とはどこまでも幸福な時間を過ごしたのだろうなと私は察した。

図書館に足を運んで彼の回想の裏付けをとり、物語の骨格を補強し、肉付けを行った。

母袋が付き合ったJは、比類なくドラマチックな展開と力強さに満ちた私小説を著した。

緊張を孕《はら》んだ状況を設定した上で、読み手に、お前ならどうすると選択を迫り、人生の渦に誘いこんだ。

Jは、自分の伝記が書かれるようなことがあれば、噂話の類があたかも真実らしく語られるのではないかと危惧もしている。

私は稀《き》代《たい》の好色女となるかもしれないのです。ま、人のことを書いた罰が当って、そんな目に逢《あ》っても仕方ないのかな（……）。

（『わが性と生』）

文字の向こうでJがにやにやしている。油断ならない女である。

人生で会った男を喰《くら》い、文章にしてしまったのだから。

「ならば今度はあなたが生贄《いけにえ》になる番です」と私は考えた。「あなたをむさぼり喰って、この手で文章にして差し上げよう」

そんな決意を起点にすると、登場人物が私の中で生き生きと動き出した。Jと断金《だんきん》の契りを交わした母袋が、言いよどんだり、顔を赤らめ曖昧にしか語らなかったりした部分は、時間をかけて取材し直した。

人名や地名、施設名を一部仮名としたのは小説の流儀に従った。

Jの生涯を調べ、味わいながら、私は母袋の物語を追った。そして、いつの間にか母袋の後見人のような心持になっていた。

私は母袋の才能を知った。それは「愛人の才能」だった。

雄牛の首のスペインレストラン

「テレビ制作会社で演出の仕事をしている友人がいましてね。ドキュメンタリーを手がけているその男が、先生を紹介するよ、母袋のことをきっと気に入るだろうからって」

二〇〇七年の晩秋。Jは八十五歳になっていた。

「名前を知ってはいました。でも、三十七歳のぼくにとって、彼女の文学は遠いところにあったのです。僧侶のあのおばあさんだなって。それくらいです。週刊誌やテレビで見かけたことがあるなっていう印象しかありませんでした。人生とか世の中とか、恋愛について語っている人で、どうやらかなり激しい人生経験をしてきたらしい、とか」

付き合いの良い母袋は、よほどのことがない限り誘いを断ることはしない。

Jが京都から東京にやってくるのに合わせ、母袋はJと食事をすることになった。

二人で初めて行った店は渋谷の宮益坂を上ったところにある隠れ家のようなスペイン料理店「ラ・プラーヤ」だった。

紫色の袈裟に、夕暮れ時だというのに淡いブルーのサングラスをかけ、ひとりでやってきた彼女は、母袋を見るとサングラスをはずして微笑んだ。尼僧にありがちな抹香臭《まっこう》さはなく、妙に色っぽく見えた。

店名の「ラ・プラーヤ」は「渚」を意味する。天井からはククルチョスが刺された生ハムが何本もぶらさがり、壁には雄牛の巨大な頭部（店主によると、スペイン国王ファン・カルロス一世最後の上覧試合で人気絶頂の闘牛士《マタドール》ペピン・リリアに殺された後、王室に献上されたものをはるばる船便で運んできたのだそうだ）、その下には何百冊もの書籍が平積みになっている。

スペイン大使館シェフの経歴を持ち、読書家を自任する児玉という店主は高名な小説家Jを迎えて光栄だというふうに何度も頭を下げた。

ロマ音楽が流れる中、カヴァのセグラヴューダスで乾杯し、リオハのボトルを開け、上海蟹のパエリアに舌鼓を打った。

真っ赤になった蟹は薄く大きな鉄皿に五杯並んでいた。

「先生はよく飲み、よく食べた。支払いは全て彼女です。どうしても払わせてくれなかった。『さ、二軒目に行きましょう』。そう言って店を出ると青山通りの歩道橋を駆け上がっていった。二軒目も愉快な下ネタ満載でした。下品に飲むのがまたいいのよと朗らかに笑っていた」

母袋はJを観察し、老練な兵《つわもの》だと感じる。彼女の語り口は現代に通じる過去の出来事を探り、それを題材に今を語った。冗談を交えながらもいきなりの沈黙もあり、話の上手さにくらくらした。

Jが巧みに先回りして話題を支配した晩餐には、品の良さと悪さが入り混じる何とも言えない艶が漂った。脂の張りついた薄皮が旨いのだという具合に、夢と現《うつつ》が薄皮一枚で隣り合わせになった夜だった。

「芸といふものは実と虚との皮膜の間にあるもの也」とは近松門左衛門の言葉だが、Jはそれをわかっていたかのように虚実の狭間の微妙なラインを物語に書いてきた。

母袋にとって、尼僧と飲むのは初めてだった。

僧侶であり作家であり。

虚と実。Jは世俗と聖の境界線を歩いてきた。

母袋は目の前の老女に底知れぬパワーを感じた。小柄な肉体から魂がはみだしているようだった。

酔いも手伝い上気して、彼は自分の体がふんわり柔らかくなってゆくのを感じた。

仏とは、渋谷のようなこの下卑た世界に舞い降りて、衆生を元気づけてくれるものなのか。

この生き仏にも寿命があり、遠からず役目を終え、衰えていくのならその様を見届けたいとも思った。

母袋は青山通りでタクシーを捕まえた。

ドアが開くと、Jがにっこりと手を差し出した。

彼女の手が袈裟の袖から抜け出てすっと空を切った瞬間、人気《ひとけ》のなくなった都心の暗闇に音楽が生まれた気がした。

母袋は反射的にその左手を両手で覆い、自分の手の中の、小さなJの手を幼く感じ、その湿り具合はこれから自分たちが育んでいくであろう恋愛の暗示なのかもしれないと高揚したが、いやいやそれはない、何しろ年の差は半世紀なのだと打ち消しもしたが、一方で、母袋はJの醸し出す恥じらいのようなものも確かに感じていた。

「また、どこかで」

夜中の二時過ぎ、彼女は常宿だという皇居お堀端のホテルに帰っていった。

テレビや週刊誌で見るよりずっと綺麗だった。色白で品があった。茶目っ気もあり、実際に会ってみると人目を惹くのがわかった。

これまでに付き合った若い女に母袋はこりごりしていた。言いなりだったり、高飛車だったり。そんな女たちとの付き合いは二、三度交渉を持てばすべて終わっている母袋だった。

黒髪

母袋晃平の物語に耳を傾けながら、はて、私自身はJという小説家をどう知ったのだろうと思った（母袋同様、私は熱心な読者というわけではなかった）。

Jの「黒髪」を私が見たのは数年前、梅雨の時期だった。ワイシャツの採寸のため日本橋高島屋に出かけた折に、着飾った中年婦人の長い行列に気づいた。

好奇心を持った私は、雨を含んだ重い傘を下げながら、様々な香水がそこかしこで漂う階段を下って列最後尾についた。

二十分ほどかけ、ようようたどり着いた催事場では尼僧の半生が展示されていた。

会場は女性の華やぎに包まれていた。

「京都の家に落ち着いたJさん」と京都新聞が掲載した写真があった。Jが玄関先で微笑んでいる。柱にある表札は、彼女の師僧、中尊寺貫主今東《こんとう》光《こう》による揮毫《きごう》だった。

しかし、長閑《のどか》なのはここまでだった。

真四角の桐箱から目も鼻も口もない黒々とした生き物が顔を出していると思ったら、それがJの毛髪だった。

箱から這い出るなり、上下左右にうねうね蠕動《ぜんどう》しながら迫ってくる気がして私は後ずさりした。毛には心臓も肺も腸《はらわた》もついているようだった。

心中《しんじゅう》の手立てに断髪があると聞いたことがある。

髪には魂が宿り、「あなたを信じています」という証に第一関節の少し上で切り離した左小指もろとも箱に入れるのだという。目の前の桐箱にも血を拭った小指が入っているのだろうか。

私はまず黒髪の生々しさに驚かされ、それから順に尼僧の半生を辿っていった。

剃髪する前の、憎らしいほど万能感の漂う、ふくよかで艶やかな着物姿は「一九六一年四月、田村俊子賞受賞の日、北鎌倉にて」とある。花束を抱いて微笑む肌が若々しい。

三島由紀夫との往復書簡、狐狸庵こと遠藤周作と抱き合って笑う対談動画、『痛い靴』や『夏の終り』といった野心的な作品の初版を眺めながら、出家前にどんな生活を送っていたのだろうと思った。

Jが書いてきた恋愛小説は、すべて外道の恋。ガラスケースに陳列された「晴美時代」に彼女が生み出した、常識を紊乱《びんらん》する暴力めいた言葉に圧倒された。

「あれは人間ではない」

「魔がついた怪物の一種だ」

「冷凍にして博物館にでも入ってもらおうか」

そんな雑言で評論家に子宮作家と罵倒され、文芸誌から干されながらも
Jは書きつづけた。

「書いていけないものなら、仏が私の頭を破壊し、腕を払うであろう」

「小説家になることは不良の勲章をもつようなもの」……。


一九七三年十一月十四日、岩手県平泉町中尊寺での得度式で出家した際の坊主頭が青々しかった。

出家は「家を出る」と書く。

家を出たら身を野に晒《さら》す。護《まも》ってくれる者などいない。護るものもない。

剃髪されながらの微笑みには恋のいざこざから解放される一瞬の喜びも

あった。いざこざは全身小説家といわれた井上光晴との間で起こっていた。ふたりを分かつためには出家しかなかったのだ。

八七年五月五日、Jは岩手県二戸市浄法寺町の天台寺住職として晋山。住職としては第七十三世。奈良時代初期に開基というその寺はどこまでも荒れ果てていた。

尾長《オナガ》がときおり空をひっかくような甲高い鳴き声を発していた。尼僧になったJは荒寺に通い続け、復興に身を挺《てい》した。深い雪に閉ざされた時期を除き、月初めには必ず寺で過ごし、「御山《おやま》のひとりに深き花の闇」（『句集　ひとり』より自選二十三句）と詠んだ。

子を失った人、病気で苦しむ家族を抱えた人――。

Jは、自分には彼らを慰める何の力もないけれど、み仏には「代受苦《だいじゅく》」という尊くありがたい誓願があること、非力なわれわれは、苦悩のどん底では、み仏にすがって、この苦しみから救いたまえ、愛する者を病苦や辛苦から救いたまえと、身を投じて祈るしかないと話している。

「私は、私の黒髪の供養のためにも、もっともっと戦闘的に生き、自分でも許せる小説を書きつづけなければならない」との言葉に私は首を振った。彼女は解脱していない。まだ煩悩の最中にいると思った。

我を忘れることができたのは小説を書いている時だけ、恋に溺れ人を愛さずにはいられなかったと白状している。

出家しても下半身を断つことはできなかった。

Jは剃り落とした自分の黒髪が恨めしかった。

桐箱の蓋を開け、紙を剝《はが》し、しげしげと黒髪を眺めた。髪は剃り落とした日と全く同じ艶やかさを保ち、ぬめぬめと光っている。それは何十年経っても鵺《ぬえ》のようにJの心に住みつき、人間の卑小さ、醜悪さ、身勝手さをこれでもかと突きつめた文章を書かせた。

展示のラストは写経コーナーだった。

「仏さまの教えです。不条理を受け止めるための般若心経です」

との説明書きに、

「ふむふむ写経か。この字になぞり書きをしろというわけだな」

私は筆ペンを手になぞり始めた。

一文字、二文字、三文字……。

不思議な気分になった。

字を写しているだけでこんなに穏やかになるのはなぜなのだろう。母の胎内で目を閉じ、膝を抱えうっとり羊水に浸かっている気分になった。

興に乗ってきたところで、「ちょっと」と声をかけられた。

「お一人につき一文字ずつよ」

険のある声の持ち主は、「写経は一文字。ごらんなさい。あなたのせいでこんなに並んでしまっているわ」と私をねめつけた。グレイヘアーから見て年の頃は還暦近く、しかし二重まぶたで彫りの深いなかなかの美人だった。振り向くと、自分の後ろに何人ものご婦人が列を成していた。

「それは気づきませんで。大変失礼いたしました」

私ははっとした。いけない、いけない。


Jは煩悩を書くことで自分の業という軛《くびき》から逃れようとしているのだろうが、読者はたまったものではない。読者は尼僧の業を受け取って更なる煩悩に爛《ただ》れ、軛にはまる。

小説の迷宮に入り込み、行き場のない不条理の中でもがくことほど苦しいことはない。

それにしても、Jはいったいどんな人生を過ごしてきたというのだろう。

私は日本橋から地下鉄を乗り継いで広尾駅で降り、有栖川宮記念公園内の都立中央図書館に行き、彼女の著作を片っ端から探した。

『花芯』『遠い声』『女徳』『場所』、そして『いずこより』――。

Jはなぜひとりなのか。

なぜ夫と娘を捨てたのか。

なぜ行く先もわからない不倫をつづけたのだろう。

なぜ過去の男とまだこうして繋がっているのだろう。


答えは著作の中にあった。砂嵐が舞う緊張の極北が連続する裏切りの物語に、これでは世を捨て孤独な雲水《うんすい》にでもなるしかなかったのだろうと、読者である私は自分も僧になった気がした。

尼僧の務めが巡礼ならば、小説を真似、私は業の巡礼を始めよう。

読み手の心にJの小説が熾火《おきび》のようにいつまでも残り、妖気さえ保つのなら探ってみよう。

京都

「ああ、渋谷のスペインレストランで会っていただいた方ですね。先生から聞いております」

記録的な猛暑となる夏が始まろうとしていた。

上海蟹に舌鼓を打った渋谷宮益坂での食事から半年後、母袋が思い切って電話をすると秘書が出た。

母袋は片時もJの著作を手放せなくなっていた。

ページをめくるのさえもどかしい。小説には絶望が果てしなく広がっていた。他人の不幸は、なんと面白いのだろう。

僧であり、高名な作家である彼女と一緒に仕事ができないものかと考えた。仕事であればいつだって会うことができる。

母袋は、週刊誌「プレイボーイ」で開高健が連載していた若者向けの人生相談を思い出した。タイトルは「風に訊け」。若い男子の性の悩みにかこつけた下ネタも多く、たわいのなさが笑えた。

「漂えど沈まず。一気に読まないで下さい。ききすぎるクスリと同じです。一回に二つか三つ読むのが適量です。そして間をおいて規則正しく断やさずに読み続けることです」

連載をまとめた文庫本には開高のこんな注意書きが記されていた。中学生の母袋がサンフランシスコで愛読した一冊だった。

母袋がJに提案した企画の内容は週一でネット配信する人生相談。将来的には電子書籍化する目論見だ。アメリカでは既に電子書籍が普及しており、紙書籍の売り上げを超える勢いで市場が拡大していた。質問はインターネットで受けつけ、動画で答える。大手プロバイダーに提案するとすんなり予算がつき、母袋はJという作家の力を知った。

待ち合わせたのはホテルグランヴィア京都。ラウンジでの挨拶もそこそこに、Jは初めて会った時と同じ淡いブルーのサングラスをはずして母袋の企画メモに目を通す。だが、どうも「ネット配信」の意味がわからないらしい。困惑した様子でふとため息をついた。

「開高健さんっていらっしゃいますよね。その方も人生相談をされていて」

「開高健？　釣りしながら洋酒《ウイスキー》か何かのコマーシャルやっていた人？」

ふん、くだらない。私はあんな男とは格が違う。そう言いたげなJの口ぶりに、母袋は「今はタブレットやスマホで気軽に本が読める時代です」と話題を変えた。

「人差し指でページをめくるのです。海外の読者も電子版なら先生の本をすぐに読むことができます。第一、本を持ち運ばなくていいのだから。ご著書を電子書籍にしたら、先生の部屋だってすっきりします」

「気軽に？」

「はい」

「私は気軽に読める小説なんて書いたことはないわ。それに私の部屋がすっきりするだなんて、見たことがあるの？」

Jは企画メモを傍らに置くと、一呼吸置き、「あなた、これからどうするの？」と言った。

「お話を聞いていただけたら、東京に戻ります」

「今着いたばかりなのに？」

「失礼ですが」母袋が言った。「ぼくはこれまで先生の本を一冊も読んだことがありませんでした」

彼の言葉にJが椅子に座り直した。

「でも、電子書籍ならこうやってスマホで気軽に読めて」

「だから、気軽にって、何よ」

「……あのう。これから先生の講演会があるんです」

色をなした二人を取りなすように秘書が口をはさんだ。

「ぜひ、ご覧になっていってください」

Nという秘書はJの姪だった。

ホテル直結の駅のコンコースには黒塗りのクラウンが待機していた。母袋は二人とともに乗り込んだ。


講演会場である京都大学医学部は左京区にあった。比叡山を望み、川沿いには下鴨神社。

母袋は携帯電話を控え室のテーブルに置いた。着信があれば、それを潮にひきあげるとしよう。先生はあまりにもネットや電子書籍に疎《うと》すぎる。

興味のかけらも感じられないし、改めて出直すのが吉だ……。

しかし、電話は鳴らず、気づくと母袋は挨拶に訪れたJの馴染みの女性たちに囲まれていた。

「あらー！　先生、ハンサムさんをお連れになって、さすがねぇ」

そんな冷やかしにJがにやりと笑った。

悪そうな顔。いや、その表情は僧だからこそというべきか。

会場のスタッフは母袋を舐めるように眺め、「背が高くて、小田仁二郎さんにそっくりね」とつけ加えた。

スタッフはみなJの読者だった。彼女は自らのファンを束ねて雇い、身のまわりの世話をさせていた。

「おだ、じんじろう？」

どこかでその名前を見たことが。さて、誰のことだったか？

「知らないの？『夏の終り』に出てくる男よ」

スタッフのひとりに優しく睨まれた。

文芸評論家の亀井勝一郎にも似た穏やかな顔つき。容姿端麗の小田仁二郎は『夏の終り』に登場する小説家で、Jの情夫だった男。「慎吾」という名前で出てくる。母袋はその男に似ていると言われたのだった。「妻子ある不遇な作家との八年に及ぶ愛の生活に疲れ果て、年下の男との激しい愛欲にも満たされぬ女、知子」とあらすじにあり、その「不遇な作家」のモデルだった。解説には「悪魔と愉しみを分つ」と書かれている。女流文学賞を受賞した私小説というならば、主人公の知子はJ自身となるわけだ。

母袋はバッグに彼女の代表作を忍ばせてきていた。トイレに行く素ぶりでバッグを抱えて部屋を出、『夏の終り』をぱらぱらとめくった。

ある日ふたりの間に年下の男が現れる。夫の教え子だった涼太で、以前知子は涼太と恋に落ち、夫と娘を捨てたのだ。ひとり東京へ出てきた知子は他人の連れ合いである売れない純文学作家の慎吾に近づき、奪い、手なずけ、文章修業にいそしんでいた。そこにかつての情夫涼太が現れる。ぶすぶす醱酵している肥溜めのような現実にも知子は平然としていた。あろうことか三人でもつれ合うように住みはじめる。

慎吾の存在を知り、「それじゃ、ぼくのことは何だ、浮気か」と詰め寄る涼太に知子は答える。「憐憫《れんびん》よ」

三者三様のむき出しの孤独。それは人生の極《きわ》みだ。私小説に時を忘れ引き込まれてしまった。うーん。母袋は時計を見て、文庫本を閉じ、控え室に戻った。

「先生、そろそろ講演会の時間です」と秘書が言った。

「えーっと、私は夫の教え子と駆け落ちして、でも、結局私はひとりぼっちになって……」

秘書の言葉も耳に入らぬかのようにJが坊主頭を叩きながらひとりごちている。

自分で書いた内容を忘れているのだ。

「とぼとぼ京都までたどり着いて、そう、私はこの京都大学でアルバイトをしたのね。何歳の時だっけ?」

「……そんなの、急に言われても」と秘書。

「あなた、わからないの?」

「当時、先生は二十七歳でした」とすかさず母袋が応えた。

「昭和二十四年です」と、さきほどとは別の文庫本『晴美と寂聴のすべて』を取り出し、付箋を貼った部分を早口で読んだ。それはJの子ども時代から七十歳くらいまでのことが正直に書かれているエッセイだった。

昭和二十三年二月、出奔、京都へ行き、左京区北白川平井町の女子大時代の友人丸本恭子の下宿していた部屋に同居。翌年四月、京都大学医学部附属病院小児科研究室に転職。(……)

その年の二月の曇天のある朝、私は夫と娘の許を出た。文字通りの着のみ着のままで、私はオーバーも着ず、ハンドバッグ一つさげず、ポケットには十円の金もなかった。

(『晴美と寂聴のすべて』)


「私の父が死んだのは?」

「昭和二十五年。先生は二十八歳でした」

熱心な女性読者を選別し、身のまわりの世話をさせてきたJだったが、秀麗な男がこうして自らの文章を一語一語朗読する様に耳を傾けるのも悪くない。

Jは母袋に微笑んだ。

「お父様はお金を無心してきたあなたのためにもう一働きしようかという時に亡くなられたと。お辛《つら》い話ですね」と母袋は言った。「しかし、これほどお父様への愛が感じられる文章は初めてです」

母袋が解説する己の人生を女は目を瞑《つむ》って聞いた。

「先生はそれからこの大学の小児科研究室に勤め、三島由紀夫さんにファンレターを出してもいます。お閑《ひま》だったので一日中好きな本を読んでいらした先生はふと思いついてファンレターを出されたのです。すると思いがけず三島さんから返事があった。ぼくは見知らぬファンには一切返事を書かない主義だけど、あなたの手紙はあまりにのんきで愉快だから思わず書いてしまったとあったそうです」

Jは頷き、大量の付箋が貼られた文庫本を母袋から受け取り会場へ向かった。

「私は冷徹な父殺しなのです」

そんな一言で講演が始まった。

夫と娘を捨てて京都にたどり着き、この京都大学に職を得て、閑に任せて三島由紀夫にファンレターを送ってのんきな娘だと笑われて、病を得た父に遺産をせがんで死なせ、その遺産を懐に東京を目指し、新しい彼と出会って、その彼も死んでしまって文学賞をもらいました。そんな自らの半生をまくしたて、「もう私はお腹いっぱい。何しろ人ばかり食って生きてきたのだから！」と声を張り上げ会場は爆笑に包まれた。

舞台袖で聞いていた母袋も観客同様興奮の渦に巻き込まれた。Jは熱気をほとばしらせ、額と鼻を光らせて壇上から降りてきた。

右京区嵯峨嵐山、竹林の小径《こみち》を少し折れたあたりにステーキハウス「ぼるた」がある。講演後、母袋は秘書のNとともにJが懇意にしている店に招かれた。

琥珀色のシェリー酒オロロソで胃を洗い、コンソメスープのあと、トスカーナのブルネッロで乾杯。舌の上で溶けるように柔らかい黒毛和牛を母袋に食べさせると「母袋さん、今日は泊まっていきなさい」とJが言った。

「ありがたいお話ですが、実は妻が妊娠していまして。そろそろおいとましないと」

夜八時を過ぎていた。

Jは煌めくワイングラスを白いナプキンの上に傾けてブルネッロの色合いを確かめてから、「今、ここで電話しなさい」と母袋の携帯を顎でしゃくった。

仕方なくボタンを押すや、確認もせず、Jがスマホを奪った。

「もしもし、Jでございます」

（え？？）

電話口から驚いた妻の声が漏れ聞こえた。

「奥様、妊娠していらっしゃるんですってね。それはおめでとう。健《すこ》やかにお子さんがお生まれになるようお祈りいたします。これからまだ遅くなりますので、今日はご主人をお借りしますよ」

電話を切ってJが言った。

「インターネットの人生相談とか、電子書籍とか？　母袋さんの言っていることは私にはよくわからない。でも、いいです。一緒にやりましょう。手を抜かずにお願いします。仕事は死ぬ気でやらないとダメ」

Jは老眼鏡を取り出し、秘書が差し出した臙脂《えんじ》のボディのモンブランのキャップを外すと、店のコースターの裏面に自分のサインと携帯番号を書いて母袋に渡した。数多くの物語を綴ってきた、いかにも文字を書き慣れた人らしく、自信に満ちた筆跡。流れるようなその字はコースターの粗《あら》い紙に滲んでいた。よろしくお願いします。母袋は会釈し、コースターを胸元のポケットに仕舞った。

母袋はその晩ホテルグランヴィアに一人で泊まった。そして、その夜からJは母袋を贔屓にした。

人生相談

「大学生の娘がいます。夫のノートを見てしまいました。それは愛人とのセックスライフが書かれた交換日記でした。夫を問い詰めると、女は夫を病気で亡くしており、付き合って八年というのです。今でも関係は続いていて、私ともセックスをしています。こんな中途半端な生活、厭です」

母袋は雑誌や新聞をめくって相談ごとを選び、ところどころアレンジしながらパソコンに入力していった。

Jの読者層はネットに不案内らしく、ホームページで告知しても、ほとんど応募がなかった。

「スーパーでパートをしています。同窓会で初恋の人と再会しました。出世もあきらめ、風采もさえない夫と違って金融関係の彼は羽振りがよく、颯爽としていました。彼とは昼間、ホテルで密会をしています。最近彼が冷たいのです。先日、私よりずっと若い美人と歩いていたのを見てしまいました。嫉妬で死にそうです」

相談の生々しさにパソコンのキーボードを叩く指が止まってしまう。恋の地獄から救われたいという声、声、声……。

「私は看護師で、彼は内科医です。先日、彼の子どもを堕ろしました。それと同時に彼の妻が妊娠したことを知りました。彼には他にも女がいるのです。私も人並みに幸せになりたい」

「結婚して五十年になります。娘三人と孫三人がいます。夫は三十年以上前からある女性と関係を続けてきました。問い詰めると『自分のせいで相手は結婚できなかった。持病を抱えているから支えたい』。それからは開き直り、女性宅に行ってしまい、別居となりました。しかし夫が脳卒中になり、送り返されてきました。娘たちも呆れています。夫は言葉も満足に話せません。いったいどうしたらいいのか」

すがりつくような問いとJの応答に比べ、「週刊プレイボーイ」の、無邪気に知識をひけらかす開高健の人生相談のやりとりなど、子どもレベルに過ぎないと思ってしまう。

宗教団体の信者と結婚する娘をどうしても祝福できない私は間違っていますか？

嫁が死ぬほど嫌いです。嫁と仲良くする方法を教えてください。

たった一度の浮気を妻に責められ毎日が地獄の境地です。どうしたらいいでしょう。

夫が交通事故で下半身不随になってしまいました。ご飯を食べさせながら、このまま私の一生が終わるのかと思うとやりきれません。セックスも一生できない。

相談ごとのそれぞれに、Jは決して別れろとは答えなかった。相談ごとを読んで頷き、まずは微笑む。

人生は寂しい。
寂しいのは地獄でしょう。
理想的だった家庭ほど、地獄の度合いが深くなる。
だったら嘘をついてでも笑い合いましょう。

Jは袈裟を着て、母袋の指示通り、カメラの前に座った。
「人生は矛盾ばかり。無理やりそれを解決しようとするから不安になるの。

矛盾のままでいいんです」とはじめ、「だいたいあなたの人生は無意味ではないのよ」とJは包み込むように答えていく。

「あなたは必要とされているの。私もあなたとこうして話していて楽しいもの」とカメラに向かって手を振った。

「いい？　時こそ薬。業火はめらめらと燃えるけど、時間が経てば白い灰になって風に乗って、どこかに消えてしまうでしょう」

人生には四苦八苦があるのとJは言う。

「生老病死《しょうろうびょうし》」のほかに、愛する人と別れる「愛別離苦《あいべつりく》」、憎い人に出会う「怨憎会苦《おんぞうえく》」、求めるものが得られない「求不得苦《ぐふとくく》」、生存そのものの「五蘊盛苦《ごうんじょうく》」の四苦に満ちている。

四苦八苦はすべて私たち自身が作りだしている。煩悩は無限だという。性を伴う愛はいくら与えられても、もっと欲しいもの。愛は人を盲目にする。自分本位になってしまう。夫も、妻も、愛人も自分のことしか考えない。

「そんなことを言っても、それはあなたが書いてきた小説そのものではないですか?」

京都の寂庵で配信のためのカメラに向かうJの説教を聞きながら母袋は思った。

この先生にとっては、衆生の悩みなど取るに足らないものなのだ。その証拠に自動的にすらすらいとも簡単に答えを出している。事務的で硬質な行い。しょせん他人事《ひとごと》なのだ。先生が好きなのは自分自身。人生相談のカメラに向かう先生の微笑みには偽善があり、それよりもその裏にある毒の方がよほど魅力的だ。相談した側は先生の答えにうっとりするのだろうが、それはあなたたちが無知だからだ。

大体あなたたちは先生の作品を読んでいないだろ?

くだらない相談ごとばかりして。

あなたたちの悲しみは先生の苦しみに比べれば、些細な、ほんのちっぽけなごみのようなものだ。

母袋はJの笑顔に騙されまいと思った。Jの笑顔の毒にやられれば、命まで獲られかねない。生活がめちゃくちゃになってしまうだろう。

気づくと、Nという秘書は姿を消していた。その時から母袋はJと直接やりとりをするようになった。

私は小説が書きたいの

Jにも、学生時代というものがあった。

一九四〇年、彼女は東京郊外、杉並区西荻窪の東京女子大学に通っていた。

「四国から東京駅に降り立った時には丸の内の威容に圧倒された。まるでヨーロッパではないかと思ったのに。郊外はうらぶれていて寂しかった」

が、西荻の商店街を十五分ほど歩いたところにある女子大の白亜の校舎と芝生の緑は何とも眩しかった。

田舎者です。すみません。

Jは守衛に頭を下げて中に入った。
インディアン・サマーの午後だった。
ル・コルビュジエ、ミース・ファン・デル・ローエとともに近代建築の三大巨匠と呼ばれたフランク・ロイド・ライトの弟子、アントニン・レーモンドが設計したチャペルから漏れ聞こえる讃美歌は、ステンドグラスに透ける陽光と相まって、長旅の垢をきれいに洗い流してくれるようにも思えた。

私はこの教会が好きだった。十二使徒を描いたステンドグラスの教会の窓から射し入る陽の光には、朝も夕もなく、いつでも私をただちに夢の国に運び去ってくれた。

（『いずこより』）

讃美歌が懐かしかった。彼女の故郷である眉山の麓の町にも教会があった。インマヌエルという古い聖堂で、日曜学校に通っては最前列で牧師の説教を聞いたものだ。

母袋の物語を追っていた私は、レトロな西荻商店街の横丁で古道具屋を見かけた。

店先に置かれた黒塗りの仏壇の金箔の扉が開いている。金、黄色、黒、銀色、筒のような絹の長帽子を被って、香を焚く中で僧が木魚を叩く様を思い浮かべた。Jの生家は仏壇屋で、彼女は尼僧になった。

どこからかチャーリー・パーカーのビバップが聞こえた気がした。無頼と流浪を重ねた女の青春にビバップを流してみれば、西荻がジャック・ケルアックの『路上《オン・ザ・ロード》』になる。

Jの文学はケルアックの『路上』よろしく変則的なリズムとインプロビ

ゼーションの連続である。

高校時代、フットボールのヒーローだったケルアックはフランス系カナダ人を両親に持ち、ニューヨークへ渡ると奨学生としてコロンビア大学に進学した。

ヒッピーのヒーローであった不良ニール・キャサディに挑発されたぼんぼんは、ビート・ジェネレーションの聖書と呼ばれる『路上』を書いたが、母袋にとってJは悪さをそそのかすニールそのものだった。彼女は人間の狂態をあからさまに描いた。道端にチョークで書き散らすかのように。反省のない痴と狂を次から次へと言葉に置き換える著作は母袋を解放した。

Jはケルアックと同じ年に生まれている。

一九四三年、Jは夫とともに北京に渡り、そこで敗戦を迎え家族で内地に引き揚げるが、まもなく彼女は夫の教え子と恋に落ちた。別れる理由を夫に訊かれ、「私は小説が書きたいの」。文学をするには京都じゃだめだ。東京へと思うが金がない。そう考え、彼女は父に遺産を無心する。夫だけでなく幼い娘まで捨てた鬼のような女だと勘当を言い渡した父だったが、バカ娘のためにもうひと踏ん張りするかと灸師《きゆうし》のところに行き、頭に灸を据えられたとたん倒れてしまう。

亡骸《なきがら》は刑務所前の木賃宿に置かれたままになった。

「あんたがお父さんを殺したんだよ」

Jの姉は艶《つや》といった。幼い頃から仲のいい姉妹だったが、何事も奔放な妹に比べ、大人しく常識のある女性だった。しかし、この時はさすがに、どんなに惨めなところで父が死んだかをJに見せるために亡骸を木賃宿に放置した。

そうか、やっぱり自分は鬼なのか。

Jは晴れ晴れした気分になった。

れっきとした鬼になったのだ。

しめしめ、たんまり遺産が懐に入った。

彼女は人を殺すたびに作品をものした。

父然り、後の小田仁二郎、木下音彦、井上光晴ら情夫然り。男が死ねば死ぬほど運が向く。

父の遺産で父を荼毘にふすと、応募した少女小説が雑誌「ひまわり」の懸賞小説に入選し、「少女世界」誌から原稿依頼もきた。原稿料は勤めていた京大附属病院の月給の三倍だった。

Jはいよいよ上京し、西荻から二駅西寄りの三鷹下連雀の雑貨屋の下宿に目をつけ、吉祥寺の古道具屋で机を値切り、リンゴの空き箱を本棚にした。

一九五一（昭和二十六）年の春だった。

私は彼女が新しく縄張りとした三鷹駅周辺をぶらついた。

多くの若者が無意味に集まる都心と違って首都の郊外には色と香がある。ここで人は群れない。人と人の声も聞きわけられる。

見知らぬ袋小路に迷い込むのもＪの半生をなぞり書きしているようで心地よかった。

立ち止まってはＪの文庫本を開き、彼女が過ごした青春の場所と照らし合わせて心に地図を作っていった。

玉川上水を流れるせせらぎを眺め、十人も入れば満席の店で醬油ラーメンを啜り、Ｊは情夫小田仁二郎とこの街で過ごしたのだと思った。

青魚の背骨のようにどこまでも延びゆく中央線の線路を横目に西へ進むと、人間を失格してしまった太宰治が愛した跨線橋がある。

跨線橋は作られてから一世紀近くが経つ。

「三鷹跨線人道橋」は全長九十三メートル、幅三メートル。旧鉄道省が一九二九（昭和四）年に三鷹電車庫を開く際、明治・大正の古いレールを利用して建設した。

トンビコートを羽織った太宰が橋の階段を下りてゆく写真も残っている。

「ちょっといい場所があるんだ」と、弟子や編集者を誘った太宰は入水するまで三鷹下連雀に住んだ。

駅の反対、北側に丹羽文雄の家があった。

体格が良く、端整な顔立ちの丹羽は文壇の大御所であり、多くの文学賞の選考委員を務め、当時最も成功を収めた作家と目されていた。

ゴルフはシングルの腕前で、自宅近くの小金井カントリーや別荘を持つ軽井沢のゴルフ倶楽部で源氏鶏太や柴田錬三郎ら後輩とプレイを楽しんだ。後輩を育てようと自費で同人誌を世話しており、Ｊはそこに目を付けた。

あたりは今でも雑木林が残り、キャベツ畑が広がる。撤去が決まり階段が封鎖されている跨線橋階段はゴッゴッとしたコンクリートで、金網には錆が浮いている。

高台からは彼方に奥多摩の山が黒々と横たわり、西に富士山。中央線の銀色のレールが黄金の空に吸い込まれるように延びているのがわかった。夕陽を頰に感じながらレールを伝っていくと、違う世界へ行くことができる。そんな思いに駆られてしまう。

今でこそ緑あふれる武蔵野の地だが、以前は砂埃の舞う荒地だった。太宰は短編「鷗」に書いた。

私はいま、なんだか、おそろしい速度の列車に乗せられているようだ。この列車は、どこに行くのか、私は知らない。まだ、教えられていないのだ。汽車は走る。轟々の音をたてて走る。

（太宰治「鷗」）

轟々の音をたて走り始めたのは、Jと知り合ってからの母袋も同じだと想像した。

ウブ

夏目漱石なら『虞美人草』、谷崎潤一郎であれば『細雪』に描かれた京都・渡月橋を渡り、天龍寺を抜けて念仏寺方面へ向かう。

小径を入ればJの住む嵯峨野の庵だった。

出家したJは、ここを居と定めた。

扁額《へんがく》には「曼陀羅山　寂庵」と孔雀緑の字が彫られ、聖観音が祀られた堂に続く小暗《おぐら》い石段に生えた苔は梳《す》いた陰毛のようでもあり、両脇の仏像が母袋に媚びる。

境内の丸い石に刻まれた「寂」は榊莫山《さかきばくさん》の筆だった。

ここは赤土、平安期の死体置き場だった。

へびいちご、かたばみ、おおばこ、なずな。それらの葉が風の流れに首を揺らし、鳥が鳴き交わし、夏の盛りには蛍が飛び舞い、夏の終わりの夕刻にはツクツクホウシ、暗くなれば秋の虫。湿った風が吹いたと思えば嵐の予感に身を震わせる。

野辺の庵はJの感情と同期していた。

彼岸花がいっせいに咲くように、庵と彼女の人生が一体化し、放浪癖も収まった。

庭に立つと、はるか彼方に東山連峰や比叡山。太陽と月は東山から昇って嵯峨野を照らし、庵の真上を通って小倉山に沈む。

それにしても、庵に勤める女たちはよく世話をしてくれた。

母袋がやってくると集まってきて、スーツを脱ぐのを手伝ってくれたり、部屋着を用意してくれたりと、母袋の世話をするのがほんとうに嬉しいというふうに動いた。

その時期、Jは一遍の『花に問え』と、良寛の『手毬』と、西行の『白道』に、釈迦の『釈迦』を同時に連載していた。

「綺麗な先生なのだから、男に言い寄られること、ありますよね？」

「何言ってんの？　バカね」

多忙な疲れを癒すかのような母袋の戯言《たわごと》にJは頬を赤らめ、「晃平さん、あなた、ウブだね」とおほほと笑った。

「先生はいつも男と繋がっていたかった。ぼくのようなウブを転がすのは簡単なのでした。ぼくはぽろっと言ってしまった。『先生、好きです』って」

小さな目、柔らかい手。からからとよく笑うおちょぼ口。

小ぶりの木桶をアイスペール代わりに、冷えたシャルドネを差しつ差されつ、母袋は酒を飲みながら、目の前でくつろぐJを眺めていた。

「そりゃあ仕事では鬼のように怖いし、テレビのワイドショーを見てありとあらゆる毒を吐く先生だけど、鎧《よろい》を脱いだらどこまでも魅力的なお嬢さまなのです。まず魂が美しい。ワインやら肉やら、めちゃくちゃ飲んで食べて、俺のスタッフはそれぞれみんな帰ってしまい、ぼくたちはやっと二人だけになるのです」

「晃平さんが先にお風呂に入ってらっしゃい。そのあともう少しお話ししましょう」とJが言った。

白ワインのラベルには「クリオ・バタール・モンラッシェ」とある。

「クリオ」はフランス語で「泣く」。直訳すれば「泣いているモンラッシェの私生児」となる。コクが強く、風味はハチミツ、パッションフルーツ、アーモンド。日本での流通は少なく、彼女への付け届けだった。

母袋は風呂で入念に体を磨き、性器を石鹸の泡で包んで綺麗にし、老木でできた浴槽にゆっくりと身を浸した。

Jは酒を飲みながら待っていた。

母袋が風呂から上がると灯りを消させ、彼女はアッパッパを脱いだ。

「こっちへいらっしゃい」


「そのあと、ぼくから先生の体に触ることはありませんでした。キスも導かれるままです。キスでさえ、大罪を犯すようなものなのですから。ほら、隠れキリシタンを暴《あば》く時の踏み絵ってあるでしょう。その踏み絵に描かれたマリアさまに口づけするような行いです。

『何が楽しいって、女は閉経してからが一番よ。だって妊娠しないのよ。

生理痛だってないんだから』

『先生、それをネットの人生相談でお話しされたらどうですか？』

ぼくは軽口をたたきましたが、先生は何も応えずぼくのペニスを舐めました。柔らかく擦りながらベロでしごき続けた。

気持ち良かった。

何千回もの性戦で鍛えた技術です。男を虜《とりこ》にしてきたテクニックはそう易々と衰えるものではない。それなのに、初々しい。

先生は自分のもてる技のすべてをぼくに施した。

フェラチオの後、お導きのままにぼくは入っていきました。

先生の入口はしっとり濡れていた。中に入っていくなり先生は可愛らしい女性の声を上げた。

でも、相手は八十代半ばで、ぼくとは体格も違う。

大男と、とても小さな女性のセックスです。

先生に負担をかけないようアクロバティックな動きは封じておきました。

先生、大丈夫ですか？

などと言ってはいけない。年寄り扱いはしてはいけない。

そりゃあ先生は年寄りのフリはしていました。『空港で杖を突いていれば誰かが助けてくれるわよ』とか。

でも、ここは空港ではありません。

『あーっ』

先生が少女っぽい声を上げた。

M字開脚のまま、先生がぼくを下から抱きしめました。

『先生、もう少し腰を浮かせていただくことはできますか』

ぼくは両腕を踏ん張って先生を守りました。

局部を互いに繋げたままぼくはペニスを前後に動かし、そのたびに先生は喘ぐのです。

『平気ですか？』

『……平気』

ぼくらは言葉のない動物になりました。

二人そろって挿入しあったままじっとしていました。

中折れはしなかった。

先生も動かない。動かないけど、先生の体からは液体が漏れ続けている。

なのに、合図でもしたかのように、ぼくはとろりと中で射精してしまったのです」


ふたりはいつも正常位で、した。

母袋は何度も彼女の中に射精し、そのたびに親密になり、もはや年の差など意識しなくなった。

自分の細胞のすべてが彼女の体に移ってしまい、全くの無になってしまう気さえした。

この女《ひと》は死ぬほどセックスが好きなのだと思うと、母袋は何度でも勃起してしまうのだった。


朝になり、母袋はひとり枕席《ちんせき》から起きだし、庵の庭に出た。

あたり一面にぼんやりと靄《もや》が漂い、池、木々や草花、家屋の輪郭をあやふやにしていた。

五百坪に及ぶ庵の庭先にしゃがみ、手を伸ばして枝を折ると、葉に付いた朝露を口に含みながらここは死体置き場だったと改めて思う。

窓際に白梅の鉢が置かれている書斎にはJが現代語訳に励んだ『源氏物語』五十四帖があった。

Jは「紅葉賀《もみじのが》」の巻から「もの思ふに立ち舞ふべくもあらぬ身の……」と詠んだ。何とも柔らかな音の響きに母袋は魅せられた。

「あはれ」はね、とJが言った。

「『あ』のあと一呼吸おいて、『はれ』と続ける。それで言葉に色がつくの」

庭の真ん中の小径をとぼとぼ歩きながら、自分は文学に生きる者と交わってしまったとため息をついた。

「人生経験の何もかもが違う。文学に生きる先生はつるつるして引っかかりのない丸い顔をしている。ちっとも美人でない。でも、最中のあの無邪気な表情といったら！　か細い脚をむき出しにし、悪戯《いたずら》が見つかってしまった時のようなくすぐったいような顔つきをする。ある小さなものを後生大事にしているように。そのある小さなものとは先生の思い出なのかもしれない。黒目勝ちの瞳をくりくりさせながら先生がぼくを見る時、どこかに悪戯を隠しもつ微笑みが口元にある。しかし眉間をきゅっと寄せて、素知らぬ顔のままでいるのが可愛らしい」

母袋ののろけは止《や》まなかった。

「先生は『あなたは本当にいい男だね』とぼくの耳元で囁き、『ダメ男ほどいい男なの。だから昔からダメな男とばかり関係をもってしまうのよ』と言うんです。

先生は浮気して奥さんに逃げられたとか、そういった類が大好物です。ぼくはそういうネタがなかった。『晃平さんも、いろんな女性とやらないとね』とつまらなそうに呟きました」

丹羽文雄邸

上京し、三鷹に住んだJは初めて丹羽文雄邸を訪れた日のことを忘れていない。

先生の主宰する同人誌「文学者」に入れてくださいと出した手紙に、「では、月曜に来なさい」との返信があった。

太宰治の墓がある禅林寺前から跨線橋を渡り、西に少し歩いて丹羽の家の玄関に入ると、二百五十坪の邸宅の土間に靴がずらり。

「あ、君か。うん、ま、そこに座ってなさい」

部屋の一番すみの椅子に腰をおろすなり、

「カミュを読んだか」

丹羽が独り言のように訊いた。低く、よく通る声だった。Jがこっくり頷くと、

「どうじゃ、どんときただろ」

「はい、どんときました」

カミュの『異邦人』を読んでおいてよかったとJは安堵した。

「小説が色っぽい時は、作者は実生活では色気のない暮らしをしているもんだよ」

Jの下宿部屋には古道具屋で値切った机に、リンゴの空き箱の本棚。うらぶれた男のいない一人暮らしを見透かされた。

Jの父方の祖父は旅芸人一座の女役者と恋に落ち、妻と子どもを捨てて姿を消している。そして、自分も祖父と同様、夫と娘を捨て、こうして上京したのですと丹羽に告げた。

丹羽は頷いた。丹羽はJに自分と同じ匂いを嗅ぎとった。彼は浄土真宗の寺の長男として生まれたのだが、四歳の時、母・こうが旅役者と出奔してしまう。

丹羽は母が十七で産んだ子どもだった。

母が逃げたのは、婿養子だった父が、あろうことか母の母、つまり丹羽の祖母と関係を持ってしまったからだった。

母は役者を追って家を出た後も、ある男の後妻になり、また家出し、今度は違う男と内縁し、それが破局すればさらに違う男の妾になり、彷徨《さまよ》って旅館の女中になり、しまいに芸者置屋に出入りするという無頼の女だった。

そんな丹羽の短編に「鮎」がある。主人公である大学生の津田が、今は守山という男に囲われている生母の和緒から入籍の相談を受ける場面から始まる。

和緒のモデルは丹羽の母。自分を囲った愛人が寂しさのあまり自死しても動じず、腹が減ったと息子に言う。息子の津田はそこに新鮮な「女」を感じる。

長良川で捕れた見事な鮎と母を重ね合わせた短編を読んだ林芙美子は「うますぎて魂がふるへない」とため息をついた。

「私は非情の作家である。そして人間の業を見つめる」

そう公言して丹羽は何度も実母を小説の題材にした。

丹羽の妻、綾子は匂い立つほどの美人だった。

ある日、丹羽は妻の手帳を見てしまう。

銀座のホステスだった妻はそれまで関係した男の名前を細かく書き連ねていた。

それは五十人に及び、親友の名もあった。

しかし、丹羽はそれを憎むことはしなかった。

生きるための事情もあったのだろうと察する丹羽だった。

綾子は良妻で、夜何時になっても着物の帯を解かず、銀座に遊び、運転手付きのベンツで帰る丹羽を待った。

「あなたは私小説を書くのがいい」

弟子にしてくれとやってきたJに丹羽が言った。

「私小説を書けなければ一人前ではない。まず自分を書きなさい」

そして「どこまでも非情になれ」とも。「非情と思われるほどに描かなければ、対象を描き出せない」

流行作家

丹羽文雄を慕う同人の中で、Jは新たな男を見つける。

Jは毎月、中野で行われる「文学者」の合評会に参加した。そこにいたのが、山形生まれの小田仁二郎だった。

芥川賞、直木賞の候補に毎回名を連ねていた小田に誘われ、Jは臆することなく彼と旅に出た。

金のない貧しい旅だったが、分かち難く結ばれた。

小田は早稲田を出た新聞記者でもあった。

妻帯者でありながら湘南の自宅から律儀に通ってくる小田を大家は嫌が

り、Ｊは仕方なく三鷹から中央線で二つ都心寄りの西荻窪へ引っ越す。

ビニールの袋に氷をつめた鉢巻きをし、小田に団扇で扇がれながら書いた「女子大生・曲愛玲《チユイアイリン》」で新潮社同人雑誌賞を受賞する。

瑠璃色の光沢のあるチャイナドレスが動くたびに体の膨らみが顕《あら》わになる女子大生愛玲。京劇を思わせる甘い声の彼女と、彼女に恋する女性の放《ほう》埒《らつ》なレズビアンの日々を描いた短編は、繊細さといやらしさの狭間に揺れる描写が売りだった。

そして、受賞第一作の『花芯』がＪの運命を変える。

花芯とは中国語で「子宮」を指す。

どこにでもいる平凡な人妻が、娼婦に変容していくストーリー。自らの体のみを信じ、言葉を軽蔑する主人公をＪは園子と名づけた。

恋の遍歴により、園子は顔の印象も体の輪郭も別人のようになっていく。

私のからだつきは変り、表情は煙ったようにあいまいになり、動作は、それまでにもましてスローモーションになった。そのころから私は、電車や人ごみの中で、見も知らぬ男から、度々触れられるようなことがあった。

（『花芯』）

彼女は夫の上司と恋に落ち、性愛の悦びに耽溺する。

セックスの快感が、どういうものかを識った。それは粘膜の感応などの生ぬるいものではなく、子宮という内臓に響きわたり、子宮そのものが押さえきれないうめき声をもらす激甚な感覚であった。

（『花芯』）

背徳と快感が書き連ねられていたこの作品を、詩人室生犀星は「ここまで裸になって小説を書くということは、普通の女の作家には出来ないことだ」と絶賛した。「あらためて硯を洗って敬意を表する。小説は教科書でもなければ、作家は教育者でもないのだ」

だが、他の男たちは容赦なかった。

「どうせ、オナニーでもしながら書いたんだろう」

「エロで媚びている」

「女を売りものにして、実にいやらしい」

園子は「かんぺきな……しょうふ……」と呟く老いた紳士からためらわずに金を受け取る。体を開いて男を受け入れ、でもそこに自分はいないと彷徨う主婦を描いたJは「子宮作家」と文壇から干されてしまう。

「私が死んで焼かれたあと、白いかぼそい骨のかげに、私の子宮だけが、ぶすぶすと悪臭を放ち、焼けのこるのではあるまいか」と小説は終わる。

Ｊは自分の中に子宮という丸い真空を持ち、そこに肉体的なこととは無関係に生きるもうひとりの自分＝小さな像がいると書いた。

釈迦は長い苦行の末一本の樹の下にたどり着き、静かに座して悟りを開いて仏陀になった。葉がさやさや揺れる菩提樹の下に座る釈迦と自らの小さな像を重ね合わせた作品だったが、文壇の男たちは気に食わない。彼らは主人公に群がる男たちのこんな描写が嫌だった。

自分の上にいる男の、動物的な、こっけいな身動きが、処女譲渡の儀式——女というものは、自分の目でさえ遂に確かめることの出来ない、小さな薄い、一枚の膜のため、死ぬまでの貞操を約束させられねばならないのだ。貞操って何だろう。女が財産の一つとして売買された時代の、足枷の名残りではないのだろうか。

（『花芯』）

少しの白い精液をねっとり残すだけの惨めな男たちを観察する主人公の視線が嫌で、批評家はこの作品を封印しようとした。無骨な貞操帯を無理やり嵌《は》めるかのように。

「あきらかにマスコミのセンセーショナリズムに対する追随がよみとれた」と、戦後文学を代表する文芸評論家平野謙が口火を切った。

「これが作家の弱さだ。そのような弱さが『花芯』においても『子宮』という言葉の乱用となって現れている。麻薬の毒はすでにこの新人にもまわりかけている」

男たちは怖かったのだ。それまでの流儀など構わず性愛を押し出し、人生の糧を摑む新人が恐ろしく、雑言を浴びせて潰しにかかった。

Jには居場所がなくなった。

しかし彼女は歯を食いしばって小説を書き続けた。

小田が一緒にいてくれた。

負けるなと励ましてくれた。

小田が家に来られない日は、小さな字を余白なく連ねた葉書が届いた。

今日は何を食べたか、何を読んだかがそこには記されていた。

葉書が届かないとJは不安になり、思い立って湘南に出かけて行った。

小田なしではいられなかった。

海水浴場のそばに彼の家があるはずだ。

葉書には住所が書かれていなかったから交番で訊いた。住民票には小田の生年月日が書かれていた。大正生まれと聞いていたが嘘だった。小田は明治の生まれだった。

夏はとうに過ぎていた。

訪ねると大きな屋敷の表札に「小田」とあった。作品が売れず、貧乏に違いないと思っていたので意外だった。

雨戸から微かに漏れる灯に家庭の幸せを感じ、Jは「小田仁二郎、出てこい！」と二階に向かって小石を投げた。

湘南まで付き合ってくれたのが同じ丹羽文雄門下の河野多恵子だった。「悲しいね」。河野はそう言って悔し泣きをするJを抱きしめてくれた。Jは、後に流行作家になると、純文学ばかりで金のない河野の生活を援助し、男を追ってニューヨークへ渡ると言えば金を工面し、手渡した。

そんな日々の中、夫と離婚し家を捨て、衝動的な恋愛を繰り返した田村俊子の生涯に強く惹かれていく。一人の女性の性と愛と孤独に自らを重ね合わせるようにして机に向かった。五年が経ち、田村俊子の愛を書いた評伝『田村俊子』で第一回田村俊子賞を受賞する。

（田村俊子は）官能的な蠱惑的な強烈な匂いを放って、花茎は悪びれず天を指していた。

（『田村俊子』）

と、かつて『花芯』で描いた、女＝小さな像の概念を捨てることはなかった。

一九六一年四月、Ｊは和服姿で北鎌倉の東慶寺で授賞式に臨む。

いよいよ復帰だ。何でも書いてやる。

名を得たＪは自分を干した男たちを許さなかった。「死んでしまえ、お前らってね。でもね、気づいたら、みんな死んでしまっていた」

ある日、京都から男が訪ねてきた。

最初の情夫だった木下音彦である。夫の教え子だった男だ。夫や娘が寝静まったのを確認してそっと家を出、眉山の麓に駆け込み、日が昇るまでの逢瀬を繰り返し、駆け落ちを誓いあった間柄だった。Ｊは二十五歳、木下は二十一歳。しかし、怖気づいたのか、木下は一緒に出奔してはくれず、そのまま徳島に居ついて金持ちの女のツバメになったかと思えば、福岡のバーの女と所帯を持ったが逃げられ、仕方なく上京して来たのだ。ウブなJに織田作之助の『馬地獄』を薦め、文学の魅惑を最初に教えた文学青年が、十二年を経て骨と皮だけになり、昼までかさかさに乾いて目の前に立っている。

かつて自分の愛人だった女が羽振り良くなったのを知って、はるばるやってきたのは明白だったが、愛した男をこんな幽霊のようにしてしまってごめんなさいねと、Jは、さぁ、と西荻の家に招き入れた。あなたの前途を塞《ふさ》いでしまったのはこの私。

食うや食わずの生活だったのか、『馬地獄』の馬のように痩せこけてしまった音彦だったが、ひとたび性交に及ぶと信じられないほどの性技に長けていて驚いた。

性の喜びはどうしてもより多くを求めてしまう。しかしそれがある臨界点を超えると途端に煩わしくなる。快楽が少ないと不満なのに、飽和してしまうとつまらない。音彦はそれをわかっているように女の上で過少と過剰を簡単に行き来した。淫《みだ》らは被膜にこそある。被膜を擦られ、ふたつの極を振り子のように行ったり、来たり、その中間に漂う愉悦に浸った。

Jは音彦と夢中で交わった。

女を挟んで男が二人。J、小田仁二郎、木下音彦。奇妙な三角関係が始まった。

三人で鍋を囲むこともあったが、音彦は、生理の日を避けながら女の寝床に通う小田を「あなたたちくらい不潔で卑怯《ひきょう》な関係はない」と吐き捨てた。

音彦は、背徳という毒の味わいを知らずにやたらに吠え、Jと小田はその音彦を揶揄《からか》い、黙殺した。

文学の毒を実践する小説家のJと小田は貞操とは無縁である。既に無頼であり、不潔とか卑怯とか言われるほど嬉しがった。

むしゃくしゃした音彦は三人で寝起きしていた寝室から廊下に出て、自分の欲望を声も漏らさずに処理していた。

そんな爛れた関係を彼女が新しい題材にしないはずがない。

三人の関係を『夏の終り』に書いて女流文学賞を受賞、百万部のベストセラーになった。どっさり金も入った。夢は、突然現実となる。

「夢ってかなうのね」

感涙にむせぶJを小田は優しく抱いた。

「走り続けよう。最後まで」

女流文学賞に推したのはかつて『花芯』を酷評した平野謙だった。

「作者のねばりづよい負けじ魂の発露」とし、「いまさらながら時評家という稼業の罪ふかさ、そらおそろしさに思いいたる」と潔く負けを認めた。

金を得た彼女は、西荻窪から越し、練馬の家を買う。

同居したのは木下音彦だった。

八年間Jのもとに通い続け、彼女を支えた小田仁二郎はその新居に呼ばれることはなかった。いとも簡単に捨てられたのだ。

Jは胸苦しさを覚えるほど濃密な恋愛の更なる業を書き始めるが、それが岡本かの子をモデルにした『かの子撩乱』。

自ら「美神」と名乗ったかの子が、複数の愛人とセックスに明け暮れながら息子の太郎を育て、五十で果てた生涯に着目した。

「丹花を口にふくみて巷《ちまた》を行けば、畢竟《ひっきょう》、惧《おそ》れはあらじ（丹花は芸術であり、文学である）」とJはかの子に言わせている。

後年、文学全集にかの子の作品が収められると、師匠丹羽文雄の勧めもあり、墓碑銘を彫るがごとく「作家と作品」という解説のペンを執った。

虚弱であったからか十人兄弟の中でも異様に溺愛され、五、六歳から口うつしに『源氏物語』を覚えこまされたかの子は旧制一高に通う兄の友人谷崎潤一郎に憧れ、与謝野晶子が『みだれ髪』を出した年に初潮を迎える。

画家岡本一平と結婚するも、「到底一生凡俗以上にはなりえない」と夫を馬鹿にするかの子だったが、一方の一平は、「一つ家にミューズの神は二人は宿らない。世間は一つの家から二人の芸術家が並び立つのを許すほど甘くはない」と妻を前面に押し出して三人の年下の男を同時に愛する自由を与え、愛人たちと足かけ四年間、ヨーロッパで贅沢な暮らしを許し、自分は死ぬまで性愛抜きの夫婦生活を送った。

慶應の若い学生とことに及んでいる最中にかの子は脳溢血で倒れる。男の腹の下で息が途絶えた。

一平は逃げ去った慶應生を恨むことなく、童女のような化粧を妻に施し、純白のソワレに銀の靴を履かせ、ダイヤの指輪をはめて冷たい雨が降る多磨霊園に埋葬した。一平は東京中の花屋から花を買い集め、棺桶の中に敷きつめた。

一九六三年、東京オリンピックの前年、次の『女徳』を鬼と呼ばれた編集者、週刊新潮の齋藤十一のもとで書いた。

文壇一の仕掛け人に呼び出され、「祇王寺《ぎおうじ》の尼を書きます」と口走ったJは京都の尼寺祇王寺に足を運び、高岡智照尼《ちしょうに》に懇願した。「あなたの人生を書かせて下さい」

「祇王」とは平清盛に愛され、後に捨てられ出家した女の名前に由来する。右京区奥嵯峨にある寺の庭は苔が見事で紅葉も美しい。

智照尼は源氏名「照葉」で知られた芸者だった。俗名はたつ子。陶器のような肌に、切れ長の目を持つ優美な女性であった。

十二歳で新橋で水揚げされると多くの旦那衆と房事に励んで浮名を流し、愛の証に小指を切った。

艶名をうたわれた挙句、四十で得度。彼女の人生には遊郭での人身売買の残酷さと裏切りが華麗にまぶされている。

照葉は愛の隘路《あいろ》を反復して自殺未遂を繰り返し、出家し遁世した。男への未練ですべよく切り取られたという左小指は智照尼の膝に重ねられた右の掌に覆われ、ついぞ見ることができなかったが、Jは彼女の豪傑さと潔さにほだされた。

「小説にも命があるならば、『女徳』は私にとって最も運命的な暗示を未来に含んだ小説であったのではあるまいか」と自著を語っている（『瀬戸内晴美長編選集』）。

Jにとって最も運命的な暗示……。それは、三島由紀夫割腹事件に次ぐ衝撃的なニュースと世間を騒がせた自らの得度を示すものだった。


化粧を落し、黒髪を落し、墨染の法衣に身を包んだたみは晴着の時よりはるかにあふれる艶めかしさと妖しい色気がたちのぼっている。

（『女徳』）

男を断ったはずの智照尼だが、彼女には夜な夜な、過去の男との生々しい想い出が蘇った。

過去の男への想いは切り落としたはずの黒髪から湧き出てくる。髪は恐ろしい。切り落とされてなお生命を保つ。

いつだったか、私は日本橋髙島屋の催し物会場でJの黒髪の旺盛な艶に思わず後ずさりしたことを思い出した。

「誰だって人殺ししたやつの顔は見たいだろ」

いきなりそんな言葉を吐き、いささか皮肉っぽい、人を小馬鹿にしたような不敵な微笑を口許に浮かべていらっしゃいました。

これは『女徳』を世に送り出してくれた齋藤十一へのJの弔辞である。

私はプロの覚悟を鍛えていただきました。その前に私は、『花芯』で批評家に悪意の批評でやっつけられ、あなたの所に反駁文を書かせてくれと泣きこんだ時、頭から一喝されています。小説家は自分の恥を書き散らして銭をもらう商売だ、商品にいちゃもんをつけられたからって一々泣きわめくようじゃ、やっていけるか。そんな甘ちゃんならさっさとのれんを下ろし顔洗って出直せと言われています。その時も肝に銘じてプロ意識を叩きこまれました。

（齋藤美和編『編集者　齋藤十一』）

齋藤は完全に黒子的存在だった。新潮社社内ですら彼の姿を見た者は少ないといわれていたが、その権力は絶大で、現役だった四十年間、新人の抜擢企画、タイトルに至るまですべての決定権を握っていた。自分の仕事をひけらかすことはせず、人の集まる場所には顔を出さなかった彼だが、Jだけは可愛がり、声をかけ、矢来町の社屋に何度も呼んだ。

他人の人生を暴き、脚色してJは流行作家になった。

原稿の依頼は片っ端から受けた。

週刊読売に『煩悩夢幻』、婦人倶楽部に『花怨』、文藝春秋に『美は乱調にあり』、文藝に『鬼の栖《すみか》』、週刊現代に『朝な朝な』、中央公論に『美女伝』……。

書いても書いてもペンが止まることはなかった。

心に原稿用紙を喰う鬼が棲みついた。

鬼は肥りに肥ってやがて膨らみ、風船のように破裂してしまうのだろうか。

そんな妄想に取り憑かれながらもJは文字を綴り続けた。

同棲していた音彦はJの金で会社を作っては潰し、挙句に「大柄な、胸のむちむちした」（『いのち』）若い事務員と関係を持ってしまった。

独りになり書き続けたJは不眠症になり、睡眠薬をブランデーとともに飲んで病院に担ぎこまれる。

見捨てた情夫、小田仁二郎はガンで死んだ。

舌にできたガンだから好きな酒も飲めずに死んだのだ。

小田は最後まで売れない小説を書いていた。

小田は自分の原稿を焼き払い、すべてを捨ててこの世からいなくなった。

井上光晴

私はＪの著作を手放すことができなくなった。

恋愛煉獄の往還。二股、三股と、どん欲な男遍歴は途切れることがない。

「小説を書けなくなったらあんたなんか、死んだ方がましだ。さっさと死になさい。自分で死ねなかったら、俺が殺してあげる」

今度は井上光晴が近づいてきた。出版社が地方の都市で開催する講演会が多い時代だった。一九六六年五月、四国高松への講演旅行がきっかけだった。

彼はＪの四つ下の四十歳。奇しくも誕生日は同じ五月十五日。

最後のプロレタリア作家と呼ばれ、時代の暗部をしつこく描き、金はなく、団地住まいだったが、だからこそ清冽な印象をJは抱いた。

「あんたは四つの幼い子を捨てたんだろう。俺の母とおんなじだ。四つの俺を捨てて、母は男と逃げたんだよ」

俺は何を喋っても文学になるのだとうそぶき、Jの家を訪れるなりオンザロックでオールドパーを飲み、窓を開けて大声で春歌を歌った。

自ら主宰する文学塾に通う主婦に手を出したかと思えば、付き合ったOLを二度堕胎させ、捨て鉢になったその女性が自殺未遂を起こすと人知れず入院させたりと、女と見れば服を脱がせ、食い散らかす獰猛な男でもあった。

そんな彼の新たなターゲットがJになった。

出家前のJはどの写真を見ても、小股の切れ上がった女ざかりの芳香が匂い立っていた。

浴衣を着、髪をアップにすれば富士額が映え、白い足袋に井上が惚れた。ペン一本で勝負する雄ライオンと雌ライオンが同じ檻に入り、昼も夜もあたりかまわず接吻し、弄《まさぐ》りあい、飽くことなく交わり始めた。

一方の木下音彦は浮気がばれて檻からはじかれ、困窮して首を吊った。Jに愛玩されるだけの自分に嫌気がさした音彦は他に恋人を作り、あなたとはもうこりごりだ、別の女と結婚したいと言い出したが、Jに一喝されしょんぼり俯《うつむ》くことしかできなかった。

かつて文学を目指した音彦の人生は、Jに飼い慣らされ、何も成し遂げることなく空っぽのままで終わってしまった。


六〇年代後半はフランスの五月革命やアメリカでのベトナム反戦運動など、世界中で学生たちによる抗議運動が繰り広げられた。

六七年、ベトナム戦争の後方基地となった日本では佐藤栄作首相のベトナム訪問を阻止するために学生が羽田空港に集結、機動隊との衝突で京大生・山崎博昭が死亡した。

六八年、国際反戦デーの十月二十一日は米タン（米軍の燃料タンク車）走行阻止を掲げ、新宿通り、明治通り、区役所通りを各派学生たちのヘルメットが埋め尽くす新宿騒乱が起こり、翌六九年、全学共闘会議と新左翼系の学生が東大安田講堂を占拠して警視庁機動隊と激しい攻防を繰り広げ、七月には革マルが支配する早大大隈講堂からノンセクトラジカルがピアノを勝手に運び出し（その中には中上健次や高橋三千綱もいたという）、民青の立てこもる四号館で山下洋輔トリオのゲリラライブが敢行された。『山下がピアノを弾きながら死にたい』と言うから、死に場所を探してやったまでだ」とは仕掛け人の東京12チャンネル（現テレビ東京）の田原総一朗の言葉である。

翌七〇年になると三島由紀夫が陸上自衛隊市ヶ谷駐屯地に乱入し、「静かにせい！　話を聞け！　男一匹が、命を賭けて諸君に訴えているんだ。……諸君の中に、ひとりでも俺と一緒に立つやつはいないのか」と自衛隊員に訴えた末切腹し、その首が朝日新聞夕刊に晒された。

連合赤軍あさま山荘立てこもり事件が起きたのは七二年。陰惨この上ない山岳ベース事件が発覚した。そして同年の春、川端康成が自殺する――。

そんな激動の時代にあって、十代の頃から長崎県崎戸町で朝鮮人労働者に交じって炭鉱で働き、貧困の経験を原点に小説家になった井上は、被差別部落出身者、原爆被災者など、戦後高度成長の陰で苦しむ人々の日常を書き続け、弱者への眼差しを忘れることはなかった。

反権力の塊のような井上に組み敷かれながらJも怒濤の時代を堪能し、作家としての矜持を徹底的に仕込まれた。

「いいか、人間は誰でも魂を持っている。魂の震えこそ表現なんだ。自分ひとりで震えるんじゃない。読者と一緒に震えないとだめだ」

井上はJの甘く緩すぎる文体を直しにかかった。
「全身小説家」の添削を受け、彼女の文体は隙がなくみっしりと濃密になった。
その完成形が『蘭を焼く』だった。

花はひとつずつ開き方の度合いが違っていた。蕾《つぼ》んでいるのは、女の足の指のように見え、半開きは寝起きの女の唇を連想させた。開ききって、花瓣の先が外へ巻きこむほど反りかえっている花肉のなめらかな艶やかさは、女の腋《わき》の下や内股のほの暗い白さを想いおこさせる。色のせいか、形のせいか、その花は淫らなほどなまめかしい感じがする。
（『蘭を焼く』）

「負けた」。井上は絶賛した。「あんたは俺より上だ。頑張った」

まとわりつくような文体に主体はいない。そこにあるのは不穏な空気だけ。

Jは見事な文体を手に入れた。見違えるばかりの変貌を遂げたことを誰もが認めるだろうと井上は激賞した。

彼らは励まし合い、文章を書いた。孤独な者同士の結びつきは最強だった。経済が万事を支配し、猥雑な昭和の世情を文字に置き換え、Jは成長していった。

Jは井上との道行を小説に書いて世間にばらすことまでした。井上に妻や幼い娘のいることなど眼中になかった。

短編『吊橋のある駅』では、男が女を吊橋に誘う。男は女と別れると決めていた。その道行は別離へのカウントダウンだった。

短編で男に名前が与えられることはなく、だからこそ別れが普遍的に渇いて見えた。

女がセールスマンの男と付き合いだして三年が経っていた。

男は「毎週一回、連絡船の欠航のないかぎり、四時間かかる海峡を渡って訪れ、一晩女と過して去っていく」。

二人がこれからどこへ向かうのか。

「男がある日帰ってから、ふっつりと訪れなくなる日のことを、女はもう何度も想像してみていた」

「別れ」という流れは世の常であり、回転しているとJの小説は語っている。この作品では白昼堂々と情事が展開される。男は橋の上で女の体を弄《もてあそ》び、女は興奮して下半身を濡らす。

「吊橋を人が通ってるな、女だね」

男の声といっしょに息が女の耳朶をくすぐった。男は女にだけ聞かせたいらしく、極度に声を低くしているし、口を女の耳に出来るだけ近づけていたので、女は男から夜しか聞いてはならない恥しいことばを囁かれているような感じがした。耳にかけた自分の髪まで、男の息のぬくもりが伝ってくる。

（『吊橋のある駅』）

「従来の私小説ではついに捉えることのできなかった主題が、『吊橋のある駅』を例にとると、それこそ山里をおおう柚子のような匂いを発しているのだ」と井上は自分の愛人の小説を褒め、「彼女は見事にそれをなし遂げた」「一流の職人芸から一流の芸術家への脱皮」と書いた。

井上とは文学のヒエラルキーが逆転した。井上から教わることはもうなくなった。

用のなくなった井上と別れるために出家しようとJは思いつく。

井上が故郷の福岡久留米に連れて行ってくれた時、思い切って、「私出家するわ」と告げた。

「出家しかないでしょう。髪を切り、私がこの世から去れば私たちは離れ離れになれるでしょう」

二人を分かつのは「死」しかなかった。

Jはそれだけ井上に惚れてもいた。

井上はJの出家を止めなかった。そして、一緒に風呂に入ろうと言った。

ビジネスホテルの狭いバスタブに二人で入ると、井上は石鹼で丁寧に黒髪を洗ってくれた。

「ほら、綺麗になっただろう」

ああ、またあの黒髪かと、私は思った。日本橋で眺めた、桐箱に収められた黒髪である。

剃髪までの道行……。

「腰を蔽うまでになった」(『いずこより』)豊かなその髪を井上が洗ったのだ。

家はあっても家庭のないJが出家遁世を実現して聖人となると、井上は家庭に戻り、団地を出て調布の多摩川べりに新居を建てた。

「小説を書かないのなら死んでしまえ」とJを鼓舞した井上だったが、いざ自分がガンに罹ると「死ぬのは厭だ！ まだ小説を書きたい」と悲痛な声をあげた。

Jは井上の妻もいる病室に何度となく見舞に行った。しかし、死んでしまえばおとなしくなり、その死顔は女のように繊細で美しく寂《しず》かであったとJは回想している。

寺の鐘が「諸行無常」と鳴っていた。

寂滅為楽《じゃくめついらく》。生死を超越したところに安らぎを知ったのに、井上は彼女を通り越して逝ってしまった。

Jの心持は『女徳』の主人公たみのようであった。

「昔指を切った情熱で、今度は黒髪をわれから断ちきってみせる」

恋の断念の証としての出家だった。

それにしても、Jはどこまで男を追い詰め、不幸にしたら気がすむのだろう。

恋を断念したはずなのに、性懲りもなく新たな恋を開始する。

母袋もそこに連なったのだろう。

不安や絶望、寂しさやいたたまれなさ、ざらつき、揺れる心。

Jは自分の煩悶を小説に書き、飽くことのない恋愛の人生の肉片を新聞紙にくるむかのようにドサッと読者の目の前に置いた。新聞紙には血が滲み、鉄の匂いさえした。

結婚するまで、私に恋はなかった。離婚後出家するまでの三十年の星霜、私に恋の伴わない日が一日でもあっただろうか。私は恋をいけにえにして噛《か》みくだいた心臓の血で小説を書いた。私が飽きもこりもせず、男と女のかかわりを書きつづけたのは、いくら書いても、私の愛が不如意を訴えつづけるからであった。

（「世外」）

見上げたものだと私は思った。
官能と絶望を繰り返しながら、路傍の石のように世間の風と雨露に耐えながら、Jは腐ることは決してない。

「人間らしい情や涙にくもらされず、せいぜい大鬼になってくれ」と父に告げられた自分はまさに腹黒い人間と開き直り、変幻自在に変わる鬼をこしらえては文章にし、多くの読者を惑わした。

鬼の仮面には涙と血が染みついていた。

いけしゃあしゃあとJは井上某《なにがし》のことを何とも楽しそうに話し、そこには母袋の胸をえぐるような底意地の悪さが見え隠れした。

母袋は泣きそうになるのを堪えてJの話に首を振り、心の中で毒づいた。

「やい、井上、先生の夢に出てくるんじゃない!」

『吊橋のある駅』を読んだ母袋は井上とJのセックスを盗み見しているような不快な気分になった。

「井上、お前は先生をこの世界に置き去りにしたくせに!　まったくもってハレンチな野郎だ!」

一年の中で一番好きなのは五月だとJは言った。

自分の誕生月であり、情人井上の命日でもあると。

「彼には妻子がいて、まだ六十六だったの。七十六ならまだあきらめがつくのだろうけど、その年で死ぬ無念さはいかばかりだろう。井上はもっと書きたいと言っていた。貧しい人、差別されている人、恋の実らぬ人を彼は書いた。重い主題に読者は少なかった。家族を養うためにも必死に書き続けたのだけど、貧乏だった。『俺は原爆のすぐあと長崎に飛んで行った。被爆者がそこにいると思うと、いても立ってもいられなかった。原爆の毒をもらったから俺は長く生きられないよ』。そんなことまで言っていた」

母袋の不満な顔もどこ吹く風でJは井上の思い出に浸り続ける。

「だからね、井上と一緒にいる時は美味いものをいっぱい食べさせてあげたの」

「ぼくは混乱しています」と母袋が告白したとしてもJは平然としていた

だろう。

「混乱？　あら良かった。混乱こそ最も気高い感情なのよ。混乱なくして前に進めるとでも思っているの？」。そんな指導を受けるに違いなかった。

母袋は気づいたという。

「先生にはいつももうひとつ違った世界がありました。それは『パラレルワールド』というものです。現実世界と並行してもうひとつの世界がある。それは情人と過ごした過去なのか、はたまたこれからの未来なのか。

先生は性愛という観点から愛に狂う物語を描いてきたのですが、それが異界というもので、読者はその異界の中で先生と一緒に戸惑い、迷い、あるいは自由になり、もうひとりの自分を見つけるのです。そういう読書というのはなんと楽しいことなのだろう。ぼくはそれを知りませんでした。だから熱心に本を読むこともしなかった。

今からでも遅くない。ぼくもその異界というものに足を踏み入れてみようと思ったのです。

先生と京都の街を歩いていると、白黒の袈裟を着た僧がひとり辻に佇んでいました。

先生は彼に近寄り、その手元の鉢にお札を数枚置き、僧は黙礼をしたように思えました。

托鉢は修行のひとつなのだそうです。

下界に降りてチリンと鐘を鳴らし、布施を受けながら世の中を眺める。金を渡すのは喜捨《きしゃ》と言い、文字通り『喜んで捨てる』行為。僧侶は街角で功徳を施す異界者というわけです。

ぼくも托鉢僧になりたい。

そう言うと、

『托鉢僧にぐらい、なれるわよ。誰だって』と先生が笑いました。

先生に初めて会った日。渋谷の宮益坂のスペイン料理屋に出かける時、油が滾《たぎ》ったような夕陽がぼくの体を包もうとしていました。その中をすぐそばにある金王八幡宮の森から気の早い蝙蝠《こうもり》が二、三匹舞ってきて、今思えばその蝙蝠の舞いは異界の導きを暗示していたのかなと思います」

Jはひとつの出逢いが過去に未来に因縁をひいていくと書いているが、Jに出逢ってからの母袋にもふと過去の記憶が蘇ることがあった。

「ぼくはサンフランシスコでミッションスクールに通っていたのですが、構内のお御堂には、下半身を皺のある一枚の布で覆い、血を流している長髪の若い男の像が掲げられていました。

象牙色の肌はうっすら脂が塗られているかのようにぼんやりと輝き、採集された昆虫みたいに両手足には釘が刺され、長いまつ毛が目を隠し、両腕を広げうつむく姿は一切が無言なのでした。

実在したと伝えられるそんな男の裸像を思い出し、聖人とは祝福されている一方で、どこまでも寂しく、孤独なのだと知りました。衆人に弄ばれて誤解され、罵倒凌辱され、挙句に石礫《いしつぶて》まで投げられて、最後は公の場で磔《はりつけ》に。出会いはすべて不幸につながる。これまで先生が付き合ったどの男もみな死んでしまった。

こうして聖人について思いを巡らせたりすることは、先生と付き合うことの一環でもありました。教養のないぼくですが、考えることが辛いと感じたことはありません。むしろ楽しかった。先生は馬鹿なぼくを追い込むことはありませんでした。ぼくは先生という繭《まゆ》に包まれたヤワな蛹《さなぎ》だったのです」

京都の庵に向かうのは月に一度。他の業務は会社のスタッフに任せ、Jの人生相談は社長である母袋の担当とした。

東京のスタジオで動画を編集する。応募のほとんどない人生相談の質問のネタを探し、あとは家庭で過ごす。歴代の情夫、小田仁二郎や井上光晴のようにべったりJの家で過ごすことはなかった。ただ一緒にいないぶんJのことを考えた。

「先生との世界は、ぼくなりのパラレルワールドだったのです。

無事子どもも生まれました。不思議なものです。先生のことを思っていれば家庭も安泰でした。仕事のない時は育児も手伝います。乳母車に息子を乗せて洗足池のほとりを散歩し、月に何度か妻を抱きました。

そして時間を見つけては都心に足を運び、書店を覗く生活でした。

先生の著作の背表紙を眺め、書棚から抜き出し、先生の笑顔を思い浮かべながらぺらぺらめくるのが目的でした。先生はいったいいつ書いているのだろう、エッセイ本が次から次へと出ていました。

曇り空のある日曜の午後、私鉄もJRも子ども連れの人たち、恋人たちでかなり混んでいました。

ポロシャツにコットンパンツのぼくは吊り革を握ったまま、車窓の外を眺めていました。

広い東京の街がどこまでも広がっていて、ふらり電車に乗って、東京のあちこちに行くのが好きです。いろんな人たちがたくさんいたり、いなかったりする様々な街を歩き回ることでなんだかほっとするのです。

いつだったか『源氏物語』について、先生がこう教えてくれたことがあります。

『この物語には暴力がひとつもない。〈美〉だけがあるの。光源氏は美しい袖を目にするだけでその女性に惚れ、恋文に歌を寄せる。次々に恋をするのだけど、相手にするどの女性も優しく、深い悲しみを知っていた』

源氏物語は文化学院で教えていた与謝野晶子も教材に使ったのよと先生がひとりごち、その横顔にぼくはかつての眩しかった先生の女ざかりを見たのです。

先生の言う通りだな、こんなにもたくさんの女性が街にいて、どこか挫折しながらも愛や幸せを求めて生きているんだ。

信号の点滅が京都のそれよりゆっくりと感じるのはどういうわけなのだろう。きっとそれは往来する人たちの足どりが速いからだろうと気づきました。

ゆったりとした点滅に、ぼくは鎧みたいなものを脱いだ自分の鼓動を重ね合わせて幾分ほっとしていたのです。

目黒の有隣堂や新宿の紀伊國屋書店、神保町の三省堂、日本橋の丸善……。中でも銀座の教文館によく足を運びます。もともとはキリスト教関連の書籍を中心に扱っていたとか。ブルーと黄色、臙脂のストライプのブックカバーが可愛らしい。

日曜だから歩行者天国があると思い、銀座に向かいました。

開放された車道では、椅子に腰かけコーヒーを飲んだり、ハイブランドの袋を抱えて歩いたり、笑ったり立ち止まったり、ショーウィンドウを覗いたりと、人々が思い思いに休日の午後を過ごしていました。往来の真ん中で、先生が故郷の徳島で先陣きって阿波踊りをしている姿を想像して吹き出してしまいました。

四丁目の山野楽器でレコードを物色し、教文館へ。

二階の書籍コーナーで先生の本を眺めようと思ったのですが、ぼくが物色したのは先生の本ではなく、女性でした。

ぼくは先生の本を手に取る女性に目を付けた。

『遠い声』の文庫本を購入し、二階から下りてくる五十がらみのご婦人を先回りして待ち構え、『こんにちは』と声をかけた。

ぼくはその女性とのパラレルワールドを覗いてみたいと思ったのです。

ご婦人は訝《いぶか》しげにぼくを見上げました。

『お声がけして申し訳ございません。決して怪しいものではございません』

ぼくはドキドキしながら笑顔を作り、『ほんとに綺麗な方だなって。J先生の文庫本を手に取っていらしたので、つい失礼ながら。ぼくも先生が大好きなのです。しかも、その本は先生の出家前、晴美時代の』。

ぼくは自分の『遠い声』を見せ、『お忙しいとは思いますが、よろしければお茶でもいただきながら先生についてお話ししませんか？　ぼくはアメリカ育ちなのですが、向こうではブッククラブが普通に行われていて』。

『ブック、クラブ？』

『読書会のことです。好きな本を持ち寄って、どういうところが面白いのか、感動したのか、そんなことを語り合うのです』

『……読書会なら私もやります。図書館でね。楽しいひとときだわ』

『さ、行きましょう』

外はぽつぽつ雨が降りはじめ、店を出たところでぼくは自分の折りたたみ傘を開げご婦人を中に入れ、そっと肩を抱きました。

こうして見ず知らずの、しかも年上の女性を誘うのは初めてのことでした。

そのまま右に折れ、山野楽器を過ぎ、和光前の交差点で日比谷の方から晴海通りをやってきたタクシーを捕まえました。

兜町にできたばかりのホテルのカフェで紅茶を注文し、その女性から文庫本を取り上げ、ぼくは冒頭の文章を読みはじめました。

主人公が夜明け前、重苦しい目覚めに嘆息するくだりからです。

ご婦人はぼくに続いて、小さな声で主人公の乳房に汗が滲み激しい動悸が打つ様子を読み上げていきます。

『遠い声』の主人公は天皇暗殺を企てたとして死刑になった管野須賀子です。彼女は革命を志し、恋に生き、ほんの二十九歳でこの世を去った。

自分を通りすぎていった男たちの肌に、須賀子の肉の記憶がよみがえる。

そこまで読むと、ご婦人の声がくっきりと大きくなり、顔に微笑みが浮かびました。

ぼくは部屋を取りました。

静かな場所で読書会の再開です。

恋と革命、恋と革命、恋と革命——

そう呟くご婦人の口にぼくは自分の口を当て、柔らかくふさぎました。

声を無くしたご婦人の手元から文庫本が滑り落ちた。

ぼくはすかさずご婦人のスカートに右の手を忍ばせ、何度も股を撫でました。

薔薇の花びらが一枚でも散ることのないように心を込めてご婦人に奉仕したのです。

『晴美さんは……私たちが……到底できないことを……経験された。ついぞ……できなかったことを……代わりに……叶えてくださり……私たちは……自分の夢を……先生の著作で体験し……それでも飽き足らずに……』

ぼくの接吻から逃れるようにご婦人は喘いでいます。

ぼくの唇はご婦人の声を追いかける。ご婦人は恋に生きた須賀子のようです。

無軌道に破滅していく主人公に自分を見ているのかもしれません。

先生の小説はどうしようもなくご婦人の生の一部であり、ご婦人は紙の上の先生の言葉に酔いながら、不安と恍惚を行き来しています。

うるさい。

ぼくは接吻を強くし、ご婦人の下唇を噛んだ。

『あっ』

あちらのさざなみ、こちらのさざなみ、衣ずれの音、押し殺したような声。雨の日の午後のたゆたいは音にならない濃密なぬめりの海。ストッキングを脱がせ、下着を剝ぎ、やおら湿った陰部を舐めれば甘美で無意味なたそがれです。

先生の書いた私小説の『私』は、先生自身を指す『私』ではなく、読み手自身の『私』にもなるのです。

ぼくは性の快楽に身をよじり、目を閉じ、眉間に皺を寄せるご婦人の顔を見下ろしながら、この眉間の描写はどこかで読んだと思いました。

自分の性愛の快楽の絶頂の表情を自分では見ることの出来ないのが人間なのです。

（『わが性と生』）

そうだ、ご婦人の美しい悶絶を見ているのは世界でぼくだけなのだ。そう思って興奮しました。

行為の後、ご婦人はハンドバッグからもう一冊の文庫本を取り出したのです。これも晴美時代の『夏の終り』。

年上と年下の二人の男に挟まれた女の日々を描いたもの。

ぼくとご婦人は仲良くベッドに寝転がったままページをめくった。

二人の男の間を彷徨う主人公が煌めいている。

『先生って、ずいぶん残酷なことを書くのね』とご婦人が言いました。

別れしな、化粧を整えたご婦人は手を合わせてぼくを拝み、今日はどうもありがとうと言い残して部屋を出て行ったのです。

ぼくも聖人の端くれになることができたのでしょうか」

二人キリ

「伊藤晴雨《せいう》って、ご存じ？」とJが訊ねてきた。

「浅草生まれの彫金師。女の髪の匂いを嗅ぐのが好きな画家でもあったの」

「画家、ですか？」

母袋は首を振った。

「責め絵のね。奥さんと、奥さんの妹が縄で縛られた血だらけの絵とか。あなた、鳥姦《ちょうかん》ってわかる？」と言った。

「鳥と交《や》るの」

Ｊが手元に置いた古い画集の表紙はギリシャ神話をモチーフにした「レダと白鳥」だった。

大きな白鳥が女神レダを凌辱している。白鳥もレダも無表情だからその鳥との性交は清潔に見えた。

白鳥は全知全能の王といわれるゼウスが化けたものだった。

この性交でレダは卵を産み、その卵から孵《かえ》った娘が絶世の美女ヘレネーになる。絶対的な権力者だった父ゼウスはヘレネーの誕生を喜び、夜空にはくちょう座を作った。

「この鳥姦図は貞操帯にも付けられたのよ。貞操帯には厚い毛皮が貼られて」

そしてもう一冊。これも古書だった。ずいぶん昔、名前も忘れてしまった小男がＪにくれたのだそうだ。

濃い髪の毛に額の狭い、いかにも品のない風情の小男はしきりに揉み手をして、にやにやしていたという。

古書の名は『醫心方《いしんほう》』。中国の六朝《りくちょう》、隋・唐、そして朝鮮の医学書からの引用で構成され、全三十巻に及ぶ。

Jが手にしたのは第二十八巻の「房内編《ぼうないへん》」。日本では平安期の貴族が好んで読んだ。これは性交の指南書。夫婦和合、セックスの指南である。

Jは『醫心方』をおもむろに開いて、

「四十八手の体位から呼吸の整え方、目の付け所まですべて書いてある。外尿道は鴻泉《こうせん》とあるわ。おしっこも噴水ってことなの。前戯についてもほんとに丁寧に書かれている」

とうっとり語り、母袋はごくりと唾を飲んだ。

「母袋さん、あなたは女性のおしっこを飲んだことある？」

Jは母袋の顔を覗き込む。何か秘密を暴くように上目づかいで。

「……いいえ、まだです」

　Jが女学校に入った一九三六（昭和十一）年五月に起こったのが阿部定《あべさだ》事件だった。

　豊かな黒髪で細面の美人女中、定が情夫吉蔵を絞め殺し、吉蔵の性器を刃物で切り取り、そのまま逃げた。

　布団の敷布に鮮血で「定吉二人キリ」、吉蔵の左太ももには「定吉二人」と書かれ、左腕に「定」という文字がナイフで刻まれていた。

　母袋に事件のあらましを解説し、「それでね」とJが続けた。「定と吉蔵は真っ裸でふざけあって、首を絞めあって、気持ちよくなって結合していたの」

　定はとうとう逝ってしまった吉蔵の亡骸に添い寝してペニスをいじり、舐めた。そして、陰茎を切り取りはじめた。

「どうして、定はペニスを切り取ったんですか」。おずおず母袋が訊くと、
「大切なものだから。誰にも渡したくないから。定は吉蔵の下着も剝いで
それを自分で着た。男の匂いが好きだった」とJが答える。
「あなたのペニスも切ってやろうか」とJに言われ、母袋は思わず身を引
いた。
「バカね、そんなことしやしないわ」

刑を終え、阿部定は旅役者になった。
徳島にやってきた定の芝居を覗いたことがあるとJが言った。芝居小屋
の入口にアルコール漬けの吉蔵の性器のようなものが飾られ、Jもいわく
のついたそれを眺めたのだ。

「定は、敷布に『定吉二人キリ』、男の太ももには『定吉二人』と血で書

いた……。そして男の腕にはナイフで『定』と刻んだのですね」

「そうよ」

「好きなら何でもできるわけですね」

Ｊの鼻孔が膨らんだ。

Ｊと母袋、ふたりきりの情事がはじまった。

「先生は布団に横になり、ぼくは立膝で先生の顔まで近づき、自分のものを差し出したのです。

先生は口を開いてひたすら待っていました。

先生の口元へぼくは性器を持っていくのだが暗くてどうもうまく運ばない。

立膝をつきながら勃起した性器を差し出すのだけど、おでこに当たったり、頭上に乗っかってしまったり、その都度、すみませんと謝りました。

暗闇の中、どこに持っていけばいいのやら。

　両手を後ろに組んでいたものですから、先生の口に入れるまで大変でした。

　先生の口の中は温かかった。ぼくはぼくで自分の乳首を触って気分を高めた。

『先生、いいですか?』。先生は頷き、仰向けになって脚を開き、ぼくのペニスを導きました。

　先生の乳房は垂れながらも皺はなくて張りがあり、なんともいい香りがしていました」

お宮のけしき

九十九歳で亡くなった大僧正とある男のラブストーリー。女と男の話などは風のようにやってきて、束の間世間の口端《くちは》にのぼればどこかに去ってしまうものなのだろうが、大僧正の存在がかつてなく特異だっただけに、この物語がいつまでも人の心に刻まれるのは必定と思われた。

入れ代わり立ち代わり現れたJの情夫たちはみな死んだが、母袋は若く健康である。

母袋は私が文字に残すのを承知でいつまでも喋り続けた。

彼には妻も子どももいる。仮名を使うにせよ、広く知れ渡ったら、この先どう生きていくのだろう。

あくまでも私は母袋の話を写し取る書記に過ぎなかった。

広尾の都立中央図書館に籠《こも》ってJの著作を探し（いつの間にか私の机は誰かに譲られる定席となってしまった）、性愛なくしては生きていけない切実な彼女の半生をたどった。

彼女に寄り添う母袋の道行を追いながら、私はジャン・コクトーを思い出した。それはたった三行の詩。

「シャボン玉の中には入れない／ましてや庭には／ただまわりをぐるぐる廻るだけ」

そう、人の心の内へは入れない。私はJと母袋をやるせなく眺めているだけだ。人の色を映し出し、彼らのシャボン玉は消えてしまった。

「……ぼくは先生に出会って変わってしまいました。先生なくしてはどうにもならなくなった。映画や芝居を観ても、粋な服で身を包み、美味しいワインを飲んでも、先生なしでは楽しむことができないのです」

母袋のそんな言葉が頭から離れることがなくなった私は、ファンタジーとしか言いようのないJと母袋の物語の火照りから逃げるように都内のあちこちを散策するようになった。

雑司ヶ谷霊園には夏目漱石、小泉八雲、泉鏡花、竹久夢二に洋画家の東郷青児らが眠る。図書館でよく見る名前ばかりだ。

その中で「恋は罪悪。しかし、神聖」と書いたのは漱石だった（『こころ』）。

漱石はこの墓地に葬られた友人に毎日花を手向ける「先生」にこう言わせている。

「しかし君、恋は罪悪ですよ。解っていますか」

語り手である学生の「私」に、更にもう一度、「とにかく恋は罪悪ですよ、よござんすか。そして神聖なものですよ」。

若き永井荷風はベルエポックのパリに滞在し、キャバレーの女と放蕩した。

自由を愛する背徳者たちとの夜更かしは毎晩だった。

カフェは紫煙が立ち込め、香水と人いきれで埋まっていた。そんな日々を描いた『ふらんす物語』は発禁になったが気にすることはなく、荷風は帰国後も命果てるまで色を好む。蝙蝠傘を杖に浅草のストリップ小屋に連日通い、踊り子たちに囲まれ、ロマンティックな死に方を選んだ。

「旅の空想と現実とは常に相違あると云うけれど、現実に見たフランスは見ざる時のフランスよりも更に美しく更に優しかった」と、耽美派文学の源流となった青春期のフランス旅行を終生忘れることはなかった。

複雑な感情と豊かな精神。墓石の下にはそんな作家の白骨が埋まっている。

巨大な墓を囲む幾千もの樹木は古く、匂いさえしない。小雨でも降れば葉が濡れて光沢が出るのだろうに。

ここには彼岸花が咲く。根に毒を持つ彼岸花は見る者を幻想に誘う。人は花の赤に惹きこまれる。自らの浄化を願うかのように。人はそんなに強くはない。


音羽の出版社を訪ねてみよう。

雑司ヶ谷霊園から十五分ほど歩いたところにある講談社の文芸部に籍を置く女友達は三田の文学部時代の同級生で、若き日には何でも語りあう仲だった。

何十年ぶりかで会うことで過ぎ去った時の流れを手繰り寄せたくなったのだ。

古めかしい社屋の応接室で、「ずいぶん久しぶりね。元気だった」と手を上げた彼女を見て泣けてきた。堰を切ったようにとめどなく。

私の記憶にある初々しい彼女ではなかった。髪を後ろにまとめ、スーツ姿の彼女は現実と折り合いをつけ社内でも出世し、子どもも大きくなったのだろう。私はそんな時の流れが怖かった。

泣いたり、笑ったり、怒ったりと、私のペンの中でJは生き生きと動いている。しかし、Jの死をゴールとして私は書いている。欲望と虚無、不幸な結婚とその顚末。そのすべてが移ろってゆく。抗いがたく、茫漠としているが確実に。しまいにJが蠟人形のように動かなくなるのを傍観しながら。

手土産も持たず昔の女友達を訪ねた私は感傷的になっている自分を恥じ、涙をぬぐった。

Jの人生を受け止めきれずに逃げ、どこかで泣きたいと思う自分が恥ずかしくなった。

「どうしたの?」と彼女が訊いた。そして「夕方、また会える?」。

応接室の椅子に座ったまま何も答えようとしない私の肩に手をやり、彼女が言った。その気遣いは学生時代と変わらなかった。

隣接する豊島区は消滅可能性都市と言われている。街が消えてしまうのだ。若い女性が少ないのが理由だそうだ。

消滅すると思うとこの地帯の様子ももはや幻に見えてくる。この光景も遠い思い出になってしまうかもしれない。

池袋西口ターミナルには車がびっしりと並んでいる。家電量販店、居酒屋、小劇場、カラオケボックス。スケートボーダーにストリートパフォーマンスの若者たち。西武池袋線でぞくぞくと埼玉からこの迷宮に人が流れ込み、瞬く間に去っていく。

消滅の運命にあるのにもかかわらず、人の流れは流動的で目まぐるしい。

ここにはテニスコートすらない。

運河にはコンクリートの蓋《ふた》がされて暗渠になり、その上に首都高速が走る。雲は流れ、街は琥珀色に深まり、その源の太陽は西の彼方に沈んでいく。

サンシャインシティからは西新宿の超高層ビル群の光が見渡せた。幹線道路沿いには車のテールランプの赤色が靄に浮かぶ。

何千ものランプはかりそめの場所からアンテナでラジオ電波を探し、逃げるように西へ急いでいた。

若かりしJも三鷹の跨線橋でこうして夕陽を浴びたのだろうか。

夜空を見上げても星すらも光っていない。これでは自分の帰る方角さえわからない。

眼下の街は未知の惑星にも似ていて、どうせ消滅してしまうのならあたりの樹木の脂がすべてを蔽《おお》って、人々も街も音楽も閉じ込められて琥珀になってしまえばいいのに。

私は風景に溶けてゆく自分を思ってJの文庫本をくるくると丸めた。

「……町の灯《ひ》は、暗《やみ》の中をまるで海の底のお宮のけしきのようにともり。町の灯は、暗の中をまるで海の底のお宮のけしきのようにともり」

その声に振りかえれば講談社の彼女だった。

彼女が繰り返し諳《そら》んじたのは宮沢賢治の『銀河鉄道の夜』だった。私たちはこのビルの最上階で待ち合わせたのだ。

彼女は束ねた髪をおろし、スーツではなく細身のジーンズに黄色いライダースジャケットを羽織っていた。

「ねえ、お宮に行こうよ」

私たちは海の底の「お宮のけしき」を見にエレベーターで街の底に下りた。

ガードをいくつもくぐり抜け、たどり着いた界隈にはかの国から輸入された色とりどりの食料品が並べられ、客引きも活気があった。北口は中国語であふれていた。お客はいつだって歓迎さ！　そんな言葉に誘われて雑居ビルの食堂に入り、テキーラを呷ってサソリの唐揚げをかじった。

食堂には書物が家具代わりに並んでいた。さまざまな言語の本が壁を埋め、床にもびっしり積まれ、磨きこまれたブロンズのペダルのアップライトピアノでそれぞれの円卓を揺さぶるくらい賑やかなブギウギが演奏され、色とりどりの電球を吊るした天井に池袋の地図が画鋲で留めてあった。

赤いマジックでいくつか丸が書きこまれていたが、それは美味しいレストランの在りかだった。

寂し気なかつての風景は過ぎ去り、悲しみを分かち合いながら街は再生していた。あまりの辛さに私は出された麻婆豆腐を思わず吐き出し、それを見たかつてのガールフレンドが笑った。カチャカチャと象牙色の箸と小皿がぶつかり合う喧噪の中、私は彼女にキスをした。

ジャッキー

酒井悌《やすし》という名の童貞と処女だったJが見合い結婚をしたのは一九四三年だった。

同郷の九つ上の夫は代々官吏の家系で、苦労知らずの美しい指を持つ大学教師だった。

娘を東京女子大へ入れた母は、古代中国音楽の研究者が相手というだけで喜んだ。

繰り上げ卒業を待ちかねて結婚、夫を追って北京に渡り（結果として母とはそれが永遠の別れとなったわけだが）、裸の自分の上にぽたぽた汗を落とす誠実な夫と憩い愉しみ、自分は必要とされているという充足感に浸っていた。それは異国に渡った王子と王女の物語。

北京の師範大学に通い中国人に日本語を教えていた夫に召集令状が来た夜は、蓄音機でベートーベンを聴きながら一兵卒となって無学の上官の号令で行進させられる情けなさを分かち合った。

夫は戦場に行き、Jは娘とふたりになった。

明と清時代の歴代皇帝が住んだ紫禁城が鎮座する異国の地には胡同《フートン》と呼ばれる古《いにしえ》の路地があり、Jはそこに幼き頃眺めた眉山の麓の町の横丁を思い出した。

その路地にいたのは尋常ではない強烈な生活を送る人たちばかりだった。纏足《てんそく》の中国人女性がアヒルのようによちよち歩き、交通事故で性的不能になったにもかかわらず美女を妻に持つ中年男は隣の住人だった。

将軍のように髭を生やした実業家は辮髪《べんぱつ》のボーイを殴り、何度も顔を踏みつけ、中国服を着て真っ赤な口紅を塗ったレズビアンは「ディートリッヒを真似て目を整形したのよ」と自慢した。

戦地に赴いた夫の給料がいよいよ届かなくなり、生活のためJは運送屋で働くことに決めたが、初出勤の正午過ぎ、キイキイか細い声がラジオから聞こえ、雑音交じりの天皇の声に店の主人が「日本は負けた」と泣き出した。

翌年、一家三人で四国に帰る途中、原爆が炸裂した夜の広島を眺めた。


Jが見た光景は青い燐光のような鬼火なのか、地獄の業火なのか、焼け野原一面のあちこちから燃え立っていた。それはその後の彼女の人生を象徴していた。各地を転々と逃げる生活。男を入れ替えながら。しかし何から逃げ、どこへ逃げるというのか。

徳島に着くと空襲により母が焼死したのを知る。「駄目だ。わしはもう死ぬ」と呟く病弱な祖父を助けるように覆いかぶさり、自らは黒焦げになってしまった母だった。死化粧どころではなかった。彼女の下には祖父の綺麗な亡骸が横たわっていた。母の背は黒く炭のようだったが、腹側の皮膚は白く美しかった。

故郷に帰ったJは北京からの道中決して放さなかった娘の手をいとも簡単に解くことになる。

愛人の出現だった。

それは夫が就職のため上京、留守にしている隙のことだった。

彼女を虜にしたのはひょっこり訪ねてきた夫の教え子、木下音彦だった。

「奥さん、年、いくつ？　下の名前、なんていうの？」

爽やかな笑顔に惹かれた。青年というより、少年っぽい初々しい白い肌。眼鏡の奥には長い睫毛と薄茶色の瞳。Jは髪をおさげにし、とっくりセーターに真っ赤なジャンパースカートという出で立ちだった。

「奥さん」と呼んだ音彦は織田作之助の『馬地獄』を教えてくれた。それはどんなにもがいても抜け出せない地獄の輪廻を書いた短編だった。細い脚が折れてしまうと思うほど重い荷物を背負わされ必死に耐える馬と、飽きもせず詐欺を働く男の話。人生の修羅場をこんなに爽やかな青年が読んでみろと言う。

Ｊは爽やかさの裏にある若者の暗いものを見つけて興奮した。彼女らは時間を見つけては密かに逢瀬を重ねた。手を握られるだけで彼女は濡れた。

どうしようもなく、ある日、Ｊは夫に別れを切り出した。

「どうしてそんなことを言いだすんだ？」

嘘をつきたくなくて、と視線を落とした。

「好きになってしまったから」

「誰を？」

「……音彦さん」

妻が教え子と密会をしていることに動転して夫はうめき声を上げた。

あろうことか自分の教え子と?

彼は髭の予感さえない幼い肌の少年ではないか。

四つになったばかりの娘は「ママ、行ってらっちゃい」とニコニコと手を振った。娘には白いカラーの付いたべっちんのワンピースを着せていた。

Jは自分の乳房にこの子の唇をあてがわせたことを思い出した。

後年、夫の酒井を「佐山」、愛人の音彦を「涼太」として当時の様子を小説にしている。


「もう何かあったのか、二人の間で」

そのことだけを聞きただそうとする佐山にむかって、若い知子はじれて泣いた。

接吻《せっぷん》も交わしていない涼太への愛を、佐山が非現実なものとして、取りあげず、わけ知りのように、うやむやにとり静めようとするのに対し、知子は身悶《みもだ》えして口惜しがった。

（『夏の終り』）

真冬の午後だった。

「……オーバーコートを脱ぎなさい」

夫の声は震えていた。

「着の身着のままでどこかへ行きなさい」

彼女はオーバーを路上に置いた。

「マフラーも脱げ」

Jはマフラーをオーバーに重ねた。

罵倒されれば救われる。罵《のの》られればそれだけ恋は甘美さを増すのだった。

彼女の右目は白い眼帯で覆われていた。激高した夫に殴られた痕だ。

痛くなんてなかった。心は夫や娘より新しい恋人のことでいっぱいだった。娘は姑に育ててもらうと勝手に決めた。

「子を捨てしわれに母の日喪のごとく」(『句集　ひとり』)

一生後悔することになる別れであった。

決して華やかな陽の照る大道を歩くことではなく、闇に近い暗さの中を、うなだれて、とぼとぼとたどっていく果しない道のり。

(『いずこより』)

娘を捨て二十年経った頃、Jはアメリカに留学することになった娘の写真を手に入れた。羽田空港で撮られたスナップだった。

母袋との褥《しとね》でJは娘の写真をまじまじと眺めている。半袖のワンピースからのぞくすらりとした腕と脚は若さにあふれていた。母袋も写真を覗いた。娘は美しく、鼻も高く、Ｊの遺伝子はどこにも見当たらなかった。

「父親に似たのよ、何しろ夫は美男子だったから」とＪはほほほと笑った。

縁を断った娘の結婚を知り、Ｊは花嫁衣裳と嫁入り道具を届けている。

しかしそれらはむなしく送り返されてきた。

「娘が育ての親に配慮したのよ」と彼女は自分を能天気に慰めた。「そりゃそうよ。実の親が今さらしゃしゃりでるのは許されないことだったのね」

「先生は家族のために実直に生活している旦那さんだけでなく、幼い娘さんまで捨てて家を出たんです。まるで鬼ですね」

母袋の言葉に裸のＪはむこうを向いた。

母袋は肩を揺すった。

力に抗うかのように小さな背中が石のように硬くなった。

鬼は邪《よこしま》。静かな邪鬼《ジャッキー》。

得度

岩手平泉。中尊寺の得度式でJが僧侶になったのは一九七三年十一月十四日、五十一歳の時だった。

法名の「寂聴」は今春聴（東光）大僧正が授けた。Jは涅槃に旅立つ踊り場に立った。

観音とは「音を観る」と書く。

衆人の声を聞くのは観音様。紅葉は今が盛り、真っ赤だった。

得度式は午前十時から。朝風呂で全身を清める。ウグイス色の色留袖に佐賀錦の帯を潔く脱いだ。

本堂で大僧正が剃刀を当てた後、別室でバリカンにより頭髪が一挙に刈られた。

「長い髪ですね」と近所の散髪屋の娘が呟いた。彼方から声明《しょうみょう》が聞こえた。傍らにいた姉・艶が泣き出した。バサバサと落ちる自慢の黒髪に別れを告げた。

母譲りの、豊かな黒髪だった。

「紅葉燃ゆ旅立つ朝の空や寂《くう》」

仕上げに剃刀を当て、くりくり坊主が仕上がった。

井上光晴が得度式にやってきた。

わざわざ岩手まで。

別室で控えていた井上は、「剃っちゃった」と涙ぐむJの青々とした頭を撫でた。

彼らはいつでも恋人同士に戻ることができた。

「宗教への帰依から先生は頭を剃ったわけではないんです」と母袋は言う。「井上さんとの関係を清算するためでした。でも、無理です。人は変われない。その証拠がぼくとの関係なのです」

大体先生はおっちょこちょいなんだ、と母袋が苦笑した。「出離《しゆつり》」という仏教用語は「欲望、渇望、五欲から離れて自由になること」。対語は「カーマ（愛欲）」である。

曼荼羅絵画の真ん中にJは鎮座して、そのまわりでぐるぐる衆生の愛欲がまわっていた。

母が防空壕で祖父を抱き、焼け死んだのと同い年での剃髪だった。病弱で、年中体が吹出物で痒いと言う小学生の娘を抱きしめ、「あなたは、色が黒くても鼻が低くても大丈夫なんよ。仏さんが、人よりいい頭をくださってるんよ」と毎朝卵焼きの入った弁当をこしらえてくれた母だった。「母さんは信じている。きっときっと大きくなったら、吉屋信子さんのような小説家になる。その時は東京の百貨店に行って、どっさり買い物しようなあ」

読書が好きな母だった。母の思い描いた小説家とはずいぶん勝手が違ったが、曲がりなりにも人から認められる物書きになった。

それにしても、娘が僧侶になるとは。さすがの母も仰天してしまうだろう。

Jは比叡山に登り、行院に投げ込まれ、息子のように若い行院生と寝食をともにした。

彼女はそこでも男に色目をつかった。

業に任せ男に微笑みかけるが、一顧だにされなかった。

その間に京都・嵯峨野に土地を物色し、寂庵を造成する。

草木ひとつ生えていなかった庭は、半世紀の年月を経て鬱蒼とした木々に覆われるまでになった。

ブラジャー

Jが好きなのは美しい男。

母袋以前に噂になった男が俳優のHだった。

麻薬事件で逮捕され、その後居場所がなくなり、お母さん助けてと東京から逃げてきた。新幹線の中ではまとわりつくマスコミに怯えてトイレに隠れていた。

Jはおいおい泣くHを座らせて剃髪し、庵に置いた。庵の女たちに手を出してばかりいるので仕方なく他の寺に預けたが、その際に雲水の格好をさせ、目の前に立たせてほれぼれと見とれた。

Jは綺麗なものをそばに置きたがった。

だから早稲田大学出身のフレッシュなボーイフレンド、母袋を自慢した。

彼女は彼を京都・三条の呉服屋千總に連れていき、黒、茶色、藍色の着物の重ね着をさせては微妙な色の味わいを楽しんだ。

桐の下駄にダークグリーンのビロードの鼻緒を付け、下着は純白の絹を穿かせた。

常照皇寺《じょうしょうこうじ》の花見。清滝《きよたき》の蛍狩り。高尾の紅葉。魚清楼の鴨料理。そして狂言、能、顔見世に都をどり。「若い男に血道をあげて」と陰口を叩かれながら平安の雅そのままの京の遊びに興じた。

だいたいJは人の服装や持ちものに無神経ではいられなかった。

趣味の悪い人間を馬鹿にしていた。

外へ出る時はすべて上等な一級品、安物は一切身に着けなかった。

母袋は、Jが長い間開けていなかった簞笥の整理も手伝った。

彼女が懐かしいとため息をついていたのは、簞笥の一番下から単物《ひとえもの》が畳紙《たとう》に包まれて出てきた時だった。

濃い紺地に白い絣《かすり》が織りだされた結城は、宮本百合子とレズビアン関係だと噂された湯浅芳子の形見だという。

「湯浅さんが、これは好きな着物だったけど、もう自分には派手になったから、あなたにあげるって仰ったのよ」

母袋はJの指示通り単物を片っ端からハンガーに吊るし、風を通す手伝いをした。

「結城を洗いこんだら柔らかくなる。さらの結城を寝巻にしてくしゃくしゃにして、洗い張りして、はじめて袷《あわせ》の着物に仕立て直して着るの。洗うほど本物は味が出てくる」

それも湯浅に学んだという。

Jがその形見を着てみると、丈も裄《ゆき》もちょうどよく、白の細帯を締めると若返り、少女のように見えた。

「孔雀っていうかたちがあってね」

母袋に旦那と芸者の行為を教えた。

「年の初めに旦那が来る。芸妓は正装を脱がずに床にあお向けになった旦那の上に覆いかぶさる。

性器を勃《た》たせた旦那は袴とふんどしを脱いでいる。

芸妓は黒紋付の裾を左右に広げ、帯もとかず、男の腹に乗る。騎乗位だから背が伸びて、後ろからは孔雀の羽を広げたように見える、だから孔雀」

Jは母袋と孔雀を試してみたいと言った。

贅沢な体位を味わいながら母袋のペニスは彼女の下半身をゆっくりと突いた。

「先生はぼくをいつから好いて下さっていたのですか?」

「渋谷の、スペイン料理屋、で、会ったでしょ」

Jは喘ぎながら言った。

「ほら、黒い雄牛の、大きな、首が、掲げられた」

小さな孔雀が眉を顰《ひそ》める。

「……牛の、首に、どきどき、して、そのとき、から、晃平さんを、ものに、したい、と、思っていた」

Jの呼吸が荒くなった。

あどけない顔に興奮して、母袋は瞬く間に射精した。

行為を終え、彼女が眼鏡をかけて原稿を書き始めると、母袋は庭に出てスニーカーに作務衣姿で庭の草をむしった。

Jの執筆中は出番がない。

夕刻、ほどなくして庵に上がる。

庵の手伝いの女たちは姿を消している。

茶を淹れてほっとしていると、青々とした畳に置かれた座椅子の背もたれにブラジャーがかかっている。

純白のブラジャーは、今夜もいたそうというシグナルである。

母袋は目を瞑り、心を鎮めた。

二度目の営み。しかし、この関係はどれほど続くのだろう。いったい何度、深い沼地に挿入を試みることになるだろう。

Jの沼は豊饒で涸れることはない。こんこんと湧く浄水を口に含み、母袋の性器は飽きもせず屹立し、Jの花芯を刺激した。

普段の彼女はLサイズのシャツに紺のジャージである。

剃り上げられた頭とくびれのない幼児体形の組み合わせは下界に迷い込んだ孤児《みなしご》にも見える。

孤児は露わに男を誘う。

女と男の秘め事。ふたりきりの快楽。ふたりきりの、ふしだら。

Jは他人の人生にしがみつき、ものにしてきた。努力は彼女を裏切らなかった。

庵の建つ五百坪の土地は平安時代の死体置き場であり、貴族の別荘地でもあった。

死体の腐臭と雅な香りが入り交じる彼岸どころ。春にさしかかれば山吹が金色に揺れ、紅白のしだれ桃が咲きそろい、椿が咲くさまは浄土の趣きである。

庵からは如意ヶ嶽の大文字が眺められ、護摩木《ごまぎ》を掲げた人の姿まで見える。

母袋はダンスよろしく自分の性器をJの股に当てて擦り、彼女の性器が湿っていく。

子どもでもなく大人でもない、耳が丸見えになっている端境期の少女。

薄く透明な天使の羽をはばたかせ、彼女は文学という夢の世界を彷徨い、過去も現在も悲しく孤独に生きてきた。王冠は正しい者の頭上に載る。王冠を被ったままほぼ一世紀。

素っ裸の母袋は、寝入りながら時おり顔をしかめるJを眺め、頬杖をついた。

そして心の中で語りかける。

「先生の書いてきた言葉は、肉声と精神が格闘した痕跡です。しかし、時には抗えず、先生の肉声もあと少しで消え失せてしまいます。だから、今しか聞けない喘ぎを聞くのです。少女時代に性に目覚め、付き合った男への嫉妬やら涙やら、足音までの断片を物語にしたためてきた先生の言葉には、死んでしまった男たちの姿や声が見え隠れしています」

このところJの様子がどうもおかしい。

自分の肉体を過ぎ去った、いくたりかの先輩方の夢でも見ているのだろうか。

情夫たちの影はJの記憶の底にとどまっていて、影はそこから繰り返し呼び戻される。そのたびに彼女は母袋との褥を這い出て文机に向かい文章を書く。

過去は剝ぎ取られ、暴かれ、読み直される。

情夫らはあの世とこの世を行ったり来たりで落ち着きがない。

過去の心象風景が冥途の飛脚に運ばれて現実に立ち現れ、所詮ぼくごときはよそごととされるのだと母袋は悩むのだった。

「出家とは生きながら死ぬことよ」とJは言う。

「だから私も死者の群れの中にいる。お風呂に入った時なんか、これまでの男を数えてみるの。手と足の指全部使って何度もそれを繰り返すんだけど、いつもわからなくなってしまう。あの人が先だったとか、こっちは後だったかしらとか」

どの男も優しかった、とJは涙まで流している。

しかし。

その出来事は母袋の生まれる何十年も前のことである。

それをまるで昨日のことのように話すのだ。無声映画の弁士のように潑剌と、頬をほんのり色づかせながら。

「百年近く生きてしまって、これ以上何を書き残すことがあろう。泳げない人間が海に落ちて、必死に手足を海中に振り廻しているような一生であった。自分の過去を回想する時、犯してきた人道の間違いも罪の罰も、すべて老いの一身に受け止めて、いさぎよくあの世の地獄へ堕ちようぞ」

おいおい。先生があの世に逝ってしまうよと母袋は焦る。

「ねえ、覚えてる？　ほら、あの時、あなたはこんな服着て、あんな髪形してたじゃない？」

Jが母袋に話しかける。ぼくはその男じゃありませんよと母袋は思う。

母袋は彼女の額を撫でてやる。

「先生、ぼくたちが、昨夜、どんないやらしいことをしたか、誰も知らないでしょうね」

どの先輩方ともきっと一筋縄ではいかない関係だったのだろう。もつれにもつれた関係だった。あの男ともこの男とも。

母袋は自分なぞ、ただの塵芥《ちりあくた》に過ぎないのだと哀しくなる。

「失恋なんて何度したって大丈夫。片っ端から忘れていくから」と先生は笑うが、嘘だ。微細に覚えていて、後悔いっぱいの文章に書いているじゃないか。くすくす笑い。ささやき。ため息が聞こえてきそうだ。脇の下をくすぐる男の小指、赤く染まる女の頰。瞳は閉じられ……。

女の本質は一緒に床に入らなければわからない。

褥の行為でJの脇の下は汗ばんで腰も畳を離れて宙に浮き、足指はぎゅっと縮み、目を瞑って声を上げ、母袋が達しようとするところを押さえつける。

Jは混沌の睡魔の中、「ねえねえ」と呟いている。

境のない、曖昧模糊の夢と現世《うつつ》。

中には肉の付き合いだけの男もいたことだろう。

男としては今ひとつ好きになれずとも、その男の面倒を見て、世話になった恩も忘れず、別れの際には「さらば」と告げて友情を可能にしてきた。

母袋は嫉妬し、ふん！　と思って憤懣やるかたなしになった。

Jは母袋のかたわらで軽くいびきをかいている。

「とぼけた味わいといいますか。そうですね、だからどうしても最後に深刻にならないんです」と母袋は言う。

どんよりと湿っぽい晩だった。

隣ですやすや寝ているJは河辺から猪牙舟《ちよきぶね》に乗せられ、ゆらゆらあちらの世界によろぼい出るのだ。夢の中、向こう岸からは男たちの楽し気な声すら聞こえてきそうだ。

「ぼくは先生をおぶって夜道を歩き、舟に乗せ、見送るのです。稲妻が見えるなり雷が鳴って雨がしのつき、ぼくはおぞけをふるい、先生は、あっと声を上げ、向こうの男たちに気づくのです」

母袋は蛍の光を見た。

庵の門を閉めた時、足許の光を認めてどきっとした。

Jは自然現象のひとつひとつに、いつも「あ。これが最後かな」と言う。朝、目が覚めるたびに「あ、私、まだ生きていた」などと。

「彼岸っていうのは、『彼』方の『岸』と書くのだけど、向こう岸に行ったらこちらの感覚でない時間が待っているのかもしれないね。般若心経には色即是空といって、色と空と二つの文字が入っている。お釈迦さまは何もない『無』にこそ『色』があるっていうことを知っていらした。私の身の丈は十センチ以上も縮み、背は丸くなり、歩幅も短くなった。だから色に近づいている」

近い肉親も遠い親友も、ひとり残らずあの世に旅立ってしまったJなのだ。

寂しいなどと一口で言える感情はとうに忘れ、ぼんやりと温かい懐かしさだけが集まっている。

自分があの世に旅立つ様子は、もう何百回も想い描いているので、今さら、懐かしくも、珍しくもないという。

「川をはさんだ崖の両側には、いつ行っても蛍が光り、何かを囁いているように見えた」と言うJに、母袋は寄り添い、蛍のように片隅で「……先生」と囁くだけだ。

Jは歴代の男の写真を額に入れ、自分の寝床に飾っている。

恋の悔恨にまみれてこの世を去る人間がよほど多いというのに。

下半身を接合しての母袋の揺さぶりにJは声を上げ、母袋は「いち、にい、さん、しぃ」と規則正しく舟を漕ぐ。

滴《したた》る彼の汗でJはちゃぽちゃぽと湯に洗われた幼児のようだ。親指と人差し指でJの目を開けて覗き込むと、奥にある赤茶の瞳からきらきら光が放たれる。

ほんのり紅い舌を触ってみると猫の舌のようにざらざらで、そんなところにJが舐めてきた色彩豊かな辛酸さえ思い起こす。

Jの両くるぶしを摑んでその脚を静かに掲げ、ペニスをすっと入れてみた。

ゆっくり、ゆっくり。

母袋は自分の動きを制御し、Jの中肉を押したり引いたり。

「お願いです、後生ですから。とめないで」

上目づかいに懇願するJに意地悪な気分が湧き、母袋はわざと腰の動きを停止した。

ほどなく再開して行為が終わり、寝入ったJの横顔を眺める。

母袋は思わずJの鼻の穴に手を近づけ、呼吸を確認してしまう。

睫毛がぐるりと細いまなこを覆っている。

小暗くなった褥の中で、Jが突然目を開けこちらを向いた。

「晃平さん。何を笑っているの？」

光る目が蛍のようで母袋はぎょっとした。

同衾《どうきん》しているJはねっとりと「晃平さんは私の好きな顔。声も好きだよ。ねえ、もう一度しようよ」。

「そんなにぼくが恋しいのですか？」

「晃平さんのおしっこだって私は飲める。あなたの尿はさぞ虹色だろう」

Jは「あはれ、この宮の御しとにぬるるは、うれしきわざかな」と詠み、「私は紫式部と同じなのさ」とひとりごちた。

「私は俗世の品下《しなくだ》る感情とは無縁なの」

セックスが終われば亅の説教に母袋は正座して聞き入った。お互い真っ裸で相対した。

比叡山を開いた伝教大師は三千の学徒に「人を殴ってはいけない。弟子をたたいてくれるな。これが私の遺言だ」と言った。仏法とは慈悲。小さな米粒ひとつ落としたのも捨てずに拾い、拝んで雀の餌とするのだ。

「見栄えの良い服を着てちゃんとしていると、さもありがたそうな、いい人間に見えるけれど、衣をめくったら大したものではない。一方で、裸でいても心のきれいな人というものはいる。それをどこで見分けるのか。その人が仏法に生きているかどうか。優しさに生きているかどうか、です」

その一方で高僧は下品なワイドショーが大好物である。きわめて短気でもある。

ゴシップ、嫉妬、裏切り。

「何事にせよ、極端から極端へ走り、感情の振幅が大きく、中庸とか節度ある限界とかいうのが守れないのは私の困った性癖のひとつである」と開き直っている。

気に入らないコメンテーターが出たりするとテレビ画面に向かって「この偽物《にせもの》め！」と騒ぎだす。

Jは人が見ようとしないものを見ようとしてきた。彼女の心の根っこには過去の地獄から逃れられない暗い部分があった。

素っ裸のJの声は尖《とが》り、ヒステリーの化け物となって怒りのあまり真っ赤になる。まるで赤ん坊だ。

「先生はまるで小鬼です。可愛らしいな」

そう言って坊主頭を撫でてあげると彼女は大人しくなる。

「私の言葉は金になるの」

母袋に撫でられながらJはにやりと笑う。

これまでの男たちにおすそ分けを欠かさないために日々祈っているのだそうだ。

「わけのわからない電子書籍の仕事を晃平さんにあげているのも施しなのよ」

彼女の寝室に飾られたこれまで肉を通じた男たちの写真を見て、母袋は憎らしさを感じ、「あなたは修行を積んで無我に近い境地に行ったわけでしょう？」と攻撃してみた。

「昔の男たちをしょっちゅうそんなに思い出して懐かしんで、時に泣いたりしている。無我の境地なんて、そんなの嘘っぱちだ。いつまでもくよくよして。そんなの、修行の甲斐がなかったっていうことでしょう」

「晃平さんって、ほんとにバカね」

Jがほくそ笑んだ。

「苦しい気持ちはこれっぽっちもない。だからいくらでも思い出せる。暑さ寒さも彼岸まで。苦しさも嬉しさも時間がすべてを洗い流すのよ。私は彼岸にいるの。そんなこともわからないの？」

密教の護摩たきはエロティックな行いなのだという。

手に印を結び、口に真言を唱え心に仏を観想する。印はエロティックな形であり、目の前の炎に不動明王の怒張した性器を連想する。

燃え盛る護摩の火。その中に芥子《けし》の実を投げ入れる。芥子はアヘン。おかげで行者は極楽へ旅立てる。彼岸は恍惚の秘境であり、だからこその密教なのだと。

カート・コバーンが率いたバンドの名はＮｉｒｖａｎａ《ニルヴァーナ》である。ニルヴァーナとはすなわち涅槃。釈迦は蠟燭の火が消えるかのように心静かに死んだが、その境地を涅槃と言った。

自分の居場所などどこにもない。

そんな疎外感を奥深く激しいパンクで奏でながらカート・コバーンはアヘンを吸い、七千五百万枚のレコードを売った末、しまいに涅槃に行ってしまった。

西洋の音楽童子は「詩的で美しくて響きの良いバンド名」を探し求め、ニルヴァーナにたどり着いた。

朝嵐夕空

「命に関わる危険な暑さです」と気象庁が呼びかけた二〇一八年、平成最後の夏だった。

処暑を過ぎても気温は一向に下がらず、蟬も沈黙を決め込んでいた。

地下鉄サリン事件実行犯のオウム真理教元幹部十三人の死刑が一挙に執行され、西日本豪雨と台風、北海道では震度七の地震で山そのものが崩れ家々を飲み込むなど、日本列島に凄まじい頻度で様々な出来事が繰り出された。

Jは「暑い夏」というタイトルでこんなエッセイを残している。

今年の夏の異常な暑さに、毎日、文句を言う元気さえなくなって、防虫剤を全身に浴びた虫のように、息も絶え絶えに、ひたすら、だらりと横になっている。何を読んでも頭に入らず、気がついたら、生きてきた過去の夏の想い出ばかりをたどっている。

(『寂聴 残された日々』)

Jにとって、過去の夏の想い出とは、「金魚えー、金魚!」という物売りの口上、家々の軒先で甚平を着た男たちが将棋盤に興じる駒の音である。幼き頃、蕾《つぼみ》、牡丹、松葉、散り菊と線香花火が移り変わってゆく様子を楽しみ、ぱちぱちという火花の音を聴き、蚊帳の中での大人の噂話に耳をそばだてた夏の夜なのだろう。

Jの文章を読んだ一日の終わりに私は酒を飲みはじめ、早朝になり霧の中、汐留にある高層ホテルにある女と投宿した。

女とは広尾のスナックで知り合った。

Jの文章に絆《ほだ》され、尋常でない心持になっていた私は頃合いを見て女を誘い出した。

女は私についてきた。

薄いレースの、ヒョウ柄の小さな下着を着けただけの美しい女が、窓から夏の朝方の下界を見下ろしている。

眼下には東京オリンピックを前に廃止され、がらんどうになった築地市場があった。

女の背中に、天守閣のてっぺんから五色の絹糸を垂らし、白露を餌に草花を釣る泉鏡花の『天守物語』を思い浮かべた。鏡花は妖怪と人間の絡み合いを書いてきた。

私も女も泥酔後起きたばかりで意識が混濁していた。

女は情事の途中でおしっこしたいと言い、私もそれに付き合った。白い陶磁器の便器に二人で腰かけ、用を足した。

私は女の裸の背中にあるくぼみにビールを注いだ。

「ひゃっ。冷たい」

「ぼくのおしっこだ」

私は女の背中に陰茎をこすりつけた。

「ねえ」と女は言った。「もっとかけて」

女は女優だという。

女は妖精のようで、あくまで堅牢な高層ビルに守られている。

私は綺麗に処理された女の陰毛を眺めながらその下に隠された性器を開き、ふっと息を吹きかけた。

憂愁、夢、恋人、陰毛……。

詩人の北園克衛が美意識の結晶と呼ばれた自らの詩にそんな言葉をちりばめていた。私は彼の詩を諳んじながら女優の腹の上に射精し、その後、一旦その股を閉じ、北園の詩集をめくる時のように慎重に、か細く頼りなげな陰毛を梳き整えてから再び性器を露出させ、舐め、さらに性的な刺激を与えてみた。

どれどれ掃除して参らしょうぞ。(紅《あか》の袴にて膝行《いざ》り出で、桶を皺《しわ》手《で》に犇《ひし》と圧《おさ》え、白髪《しらが》を、ざっと捌《さば》き、染めたる歯を角に開《け》け、三尺ばかりの長き舌にて生首の顔の血をなめる)汚穢《むさ》や、(ぺろぺろ)汚穢やの。(ぺろぺろ)汚穢やの、汚穢やの、ああ、甘味《うま》やの、汚穢やの、ああ、汚穢いぞの、やれ、甘味いぞのう。(……)

後生らしい事を言うまい。彼岸《ひがん》は過ぎたぞ。——いや、奥方様、この姥《うば》が件《くだん》の舌にて舐《な》めまするると、鳥獣《とりけもの》も人間も、とろとろと消えて骨ばかりになりますわ。
（泉鏡花『天守物語』）

女のくるぶしには天使の刺青が彫られていた。このビルの分厚いガラス窓を突き破っても落下するどころかこの翼で天空に舞うのだろう。

女は何十億も稼いできた歌手でもある。私はその金を抱いている。そう思って二度目の挿入を試みた。

「私は早くからこの世界に入ったから、学校もろくに行っていないの」と女が言った。「私の通った中学校、今はどうなっているのだろう」

女は東京郊外に住んでいた。そこは青春時代を過ごした場所。武蔵野のはけからは滾々《こんこん》と水が湧くという。

私たちはホテルを出て、タクシーに乗った。

見上げると、『天守物語』で鏡花が唱えた「朝嵐夕風《あさあらしゆうかぜ》の爽《さわや》かな空」があった。

麻布一の橋の更科で蕎麦を食べ、広尾で別れた際に接吻した。
私はその女とはその日以来一度も会っていない。
ポスターや映画で時おり見かけるのみだ。

牛

母袋はもう、Jのことを「先生」と一辺倒には呼ばなくなった。

「あなた」と呼ぶ時がある。

仏教界での権大僧正が、母袋にあなたと呼ばれているのだ。

それにしても、行為後の肉攻めは拷問に近い。

空腹より満腹の方がよほど辛い。

Jの庵には全国各地から付け届けがある。仙台牛、宮崎牛、米沢牛、松阪牛、佐賀牛、但馬牛、石垣牛、飛騨牛、山形牛、前沢牛、伊万里牛。

「食べなさい食べなさい」とばかりに牛の霜降りを差し出し、「いただきます」と合掌しながら頬張る母袋を彼女はうっとり眺め、母袋は母袋で期待に応えねばとむしゃむしゃ頬張る。ちょっと失敬とトイレに立ち、肉を吐く。吐瀉物からはラードの匂い。

そんな母袋の回想に、私は内田百閒の「件《くだん》」という小説を思い出した。人偏《にんべん》に牛と書いて「件」。顔が人で、体が牛という人間の話である。ぼんやり浮かぶ黄色く大きな月に照らされながらこの世に生まれた件は、たった三日で死んでしまう運命にあるが、この牛は吉凶を予言するとの噂にどやどや人が集まってきた。

人に囲まれ、件はああでもないこうでもないと未来を思案し首を振る。

そういえば、母袋がJと最初に出会ったスペインレストランにも牛の首が掲げられていた。

母袋は彼女の差し出す牛肉を食ったが、その中に件という名の牛がいたかもしれない。

母袋はハーランのヴィンテージワインで流し込むようにむしゃむしゃ食べた。高価な肉の余韻を味わう暇などなく、夢中で食べれば、行き当たりばったりの自分にも幸せな未来が訪れるのだろうかと思案でもしたのだろうか。

食べながら、どこからか哀し気な牛の啼き声が聞こえた気がし、それはぼくの声のようでしたと母袋は言った。

三島由紀夫は内田百閒を「有無を言わせぬ怪異（そこには思想も意味もない）の精緻きわまる表出によって芸術作品を作りあげた」と絶賛した。

百閒文学は、人に涙を流させず、猥雑感を起させず、しかも人生の最奥の真実を暗示し、一方、鬼気の表現に卓越している。

（三島由紀夫『作家論』）

鬼気《きき》か。

ここにも鬼がいた。

Jは少女文学を書いていた時、三島にファンレターを送り、図々しくもペンネームの相談までしている。のんきもまた「有無を言わせぬ怪異」ゆえなのだろうか。

百閒は皇居前日比谷の交差点に「牛の胴体よりももっと大きな鰻が上がって来」たと言う。

「辺りは真暗になって、（お濠の）水面の白光りも消え去り、信号燈の青と赤が、大きな鰻の濡れた胴体をぎらぎらと照らした」と記し、極彩色の想像力で、三島を「感覚の頂点」に連れていった。

「ぼくの悲惨な修業奇譚を先生はことの外喜びました。いろいろな女と交渉を持てば持つほど興味深げに頷き、喜ぶのでした」と母袋は言う。

「だからぼくは手当たり次第に交渉を持った。ぼくは先生の掌で動き回る童子になったのです」

ドンファン

早稲田大学時代の友人から連絡があり、母袋はいそいそと出かけていった。美人揃いの楽しい飲み会だった。

女性たちを帰して、男だけで南青山のガールズ・バーに行き、居並ぶガールズの品定めをしながら飲んでいると母袋に電話がかかってきた。

「晃平、何やってんのよ。電話に出なさいよ」

地下で電波状況が悪かったから気づかなかった。

電話の主は美人揃いだった中でもとびきりの美女だった。

美女は母袋を下の名前で呼んだ。

ほっそり痩せていて、髪は長く頰の上にそばかすがあった。彼女は二十代半ばにして恵比寿に本社を置く大手ＩＴ企業の役員だった。母袋は男どもの拍手に見送られ、東宮御所そば、青山一丁目の女のマンションに急いだ。

ゴミ箱のない清潔な部屋で、鼻をかんだティッシュを捨てることができなかった。母袋を部屋に招き入れながら女がため息をついた。

「晃平以外の他の男は醜男ばかりで死ぬほど退屈だったわ」

彼女は恵比寿ウェスティンホテル東京での一夜について話し始めた。

「友達から電話があってね。今から来られない？　って。夜の十一時過ぎだった。プロ野球選手といるのって。面白いよ。早く来なよって」

スイートルームのドアを開けると野球ファンでなくとも誰もが知っているであろうスラッガーが真っ裸で左手に一升瓶、龍のタトゥを入れた太い右腕で裸の女を抱えていた。

ぐったりしている女は電話で彼女を誘った友達だった。

テレビで知った顔の別の野球選手も、巨根を勃起させて同じく女を丸太のように抱えていた。

「とんでもないところに来ちゃったな」

そんなことを思いつつ、数年後メジャーリーグに行くことになるホームランバッターに組み敷かれた。

下着を剥ぎ取られたのが悔しくて男の太い右腕を思いきり噛んでやった。

男は悲鳴を上げ、彼女を裸のまま部屋の外に放り投げた。

「私は深夜の廊下で素っ裸で何時間も膝を抱えていたの」

素っ裸、素っ裸、素っ裸。

そんな言葉に母袋は萎えた。

「どこかに行こうよ」

とりなすように女が言い、「しようよ。でも私の部屋は性交禁止」。タクシーを拾い、渋谷円山町のラブホテル街に向かった。「ふざけないで」と女が怒った。「そんな安いところなんていやだから」母袋は片っ端からホテルを検索した。セルリアン、オークラ、帝国ホテルを断られ、都心をぐるぐる回りながら紀尾井町のニューオータニに部屋をとった頃には朝の五時半を過ぎていた。

紀尾井町の土手の森でうるさくカラスが鳴き、また暑い一日が始まるのかとげんなりしたが、女の乳房は熟れた水蜜桃《すいみつとう》のように眩しく、薄紅の乳首は上向きに拗《す》ねた表情をしていた。

大急ぎで三度性交し、気絶したように寝入ってしまった美女を残して洗足池の自宅に帰ると、幼稚園の園服姿の息子が「パパ、お帰り」と習いはじめたばかりのピアノで童謡「ちょうちょう」を弾いてくれた。

眉山

Ｊは故郷の徳島にもう一つの寂庵、「ナルトサンガ」を建てている。

母袋もＪに誘われ足を運んだ。

かつての教え子が入れ代わり立ち代わり彼女のもとにやってきて挨拶していた。どの女性も母袋を見てにやにや笑った。

県立文学書道館にはＪの著作や足跡を展示した記念室がある。

Ｊの塾生だったＴという元高校教師が学芸員を務めていた。

「私の文学のことは彼女が一番わかっているの」とＪが言う。

先生の生家を見てみたい。そう思って母袋はひとりで出かけていった。

街の様子はJから繰り返し聞かされていた。

Jが育ったのは眉山の麓にある大工町。金物屋、鋸屋、砂糖屋、飴屋、油屋、八百屋が軒を連ね、その間に銭湯があった。

道は狭く、こちら側から向こう側まで声が届いた。

往来から奥の茶の間まで覗くことができる、そんな界隈。夜になれば家の軒先の灯りがぼんやりと灯った。

新町尋常小学校に通うJの実家は仏壇屋で、真向かいが薬屋。皮膚病の標本が硝子棚に並んでいた。膿の生々しい青や緑や血の赤い色は後年彼女が高僧になり、身に着けた正装の色合いと同じだった。そこには性的な玩具も売られ、鈴蘭灯の下、若い主婦があたりをはばかりながら店に入っていくのを眺めていた。

Jは薬屋の主人を「赤目のおっちゃん」と呼んだ。

右目の上まぶたがめくれ上がり、白目も赤い。でも、左目はすっきりした切れ長で、髪はポマードでオールバックに固めていた。

赤目のおっちゃんは無類の本好きだった。

「こんなん、持ってけ」

手当たり次第に少女だったＪに本を渡した。

ぴかぴかの天金加工で、表紙は青や緑のビロードという豪華なものもあった。

青や緑は硝子棚にある皮膚病の標本の膿と同じ色。題名や作者名は箔押しされ、Ｊは美しい装丁のビロードの手触りに興奮し、鼻を近づけくんくんと嗅いだ。

紙はとろりとチーズ色だった。章立ての字は花文字で、印字は黒とは限らない。紫や朱色もあった。

表紙に宝石がはめ込まれた本もあり、おっちゃんは「これは猫目石や」と言った。本の中に猫の死体が埋め込まれているようで嬉しくなった。

「その本なあ、お母さんに見つからんようにせんと知らんよ。見つかったら、二度とおっちゃんとこに遊びに来れんようになるでよ」

『カーマ・スートラ』『金瓶梅《きんぺいばい》』『アラビアンナイト』『素女経《そじょきょう》』『お喋りな宝石』などの淫書とともに、ボッカチオ、マルキ・ド・サド、ラ・フォンテーヌ、ボードレールの名もあった。

セックスはまだ彼方のものだったが、その世界を手繰り寄せるように少女は親に内緒で耽読した。

紫色に輝きはじめた黄昏に、蝙蝠がせわしなく飛び交った。

実家の垣根に梅桃《ゆすらうめ》が植えられていた。

夏になれば箱廻しがやってきて口三味線で浄瑠璃を語り、木偶人形を踊らせた。

親から与えられる玩具といえばきまって万華鏡だった。

「いつも分解して壊してしまうから、何度でも買ってくれた。壊して中のからくりを確かめるの。ガラスの破片、色紙の切れ端、南京玉がみすぼらしかった。どうしてこれらが筒を揺するだけで綺麗な幻になるのかって。まやかしなのにとっても綺麗」

母袋はJの少女時代を想像し、電子書籍化を無理やり進める徒労を感じた。

ガス灯の柔らかな光。地べたの匂い、泥河の流れ、路地裏に織りなされる人間模様、安物の万華鏡。女は長じて密教の高僧になった。峻険かつ豊かな色艶の密教世界の一員になるのだが原点はこの頃にある。

そういう作家の文学を、果たしてタブレットの薄っぺらな電子回路に閉じ込めていいものだろうか。

彼女の思いは紙を通じてしか伝わらないのではないか。

紙と同様、彼女の文学も朽ち果て、時とともに忘れられるに任せるのがいいのではないだろうか。

味も匂いも手触りもない乾いたデジタル明朝体に彼女の感情を押し込めていいのだろうか。

それにしても、実際足を運んだ阿波徳島ときたら。

そこは何もないのっぺらぼうのような街である。線香花火の火薬が微かに香る大工町の面妖な面影はどこにもなく、街灯が広い車線を煌々と照らし、薄っぺらな電子回路のようだった。

女の生誕の碑だってない。

祖父と母コハルは空襲の際にこの街の防空壕で焼け死んだというのに。器用な母だったとJは母袋に言った。母は婦人雑誌の付録を見て、古ぼけたシンガーミシンで服やオーバーを縫ってくれた。

「表紙の女の子になったみたいで誇らしかった。小学校の入学式の服も母が作ってくれた。家が貧乏だから作るしかなかったことはわかっていた。ランドセルも買えず、その代わりに綺麗な花の刺繍のついた手さげ袋を縫ってくれた。『まあ、きれい！　お母さんが作ってくれたの？　こんなきれいなかばん、どこにも売っていないわよね』とお腹の大きくなった担任の先生が褒めてくれた。他の子のお母さんは裁縫が下手で、刺繍もできないんだと私は自分に言い聞かせた」

「先生は十八歳で家を出て以来、そんな思い出の詰まった徳島に足を運ぶことはありませんでした。自分が無頼な小説家になって、その上法外な金を得て、まっとうで律儀な暮らしをしている田舎の人たちに合わせる顔がなかったんだそうです。出家して、何十年ぶりかで帰った故郷には昔の自分を知っている知り合いは一人もいなかった」

エライヤッチャ　エライヤッチャ　ヨイヨイヨイ　踊らにゃそんそん。
眉山は藍の産地であり、夏になれば開放的なリズムにあふれる。
踊らにゃそんそん。踊らにゃそんそん。

女も男も踊り狂う情熱の日々はあくまで盆の時期だけで、いつもの商店街は退屈な売り買いの街でしかなかった。

人生相談も彼女にとって小説のネタだったのかもしれない。衆生の苦しみを鋭く嗅ぎ取り、矛盾に満ち、強烈で生き生きと鬼のような個性を次々に登場させた。

「法話会にも連れていってもらいました。バスを連ねて全国から人が集まるんです」

十一月は得度記念月。八戸自動車道浄法寺インターチェンジを降りれば天台寺である。

夏には色とりどりの紫陽花が咲き、秋ともなると東北のカラマツが紅葉し、ハゼノキや漆が焚いた火のように赤い。

話を聞くため参拝客が押しかける。

彼ら彼女らは境内の地べたいっぱいに座ってあふれた。

「メンタルをやられている人、体中に先生の記念のバッジをつけている老人。そんな人たちが答えを求めてやってくるのです。先生の話が聞きたいのでしょう。人生の悩み、生い立ち、離婚、別離、不治の病……」

見るからに様子のおかしい危なげな人が手を挙げても、Ｊは逃げずに攻撃した。

「そこのあなた、今すぐ病院に行きなさい。こんな田舎に来るべきじゃないわよ！」と機先を制し、会場は大笑い。

ふしだら

母袋はドイツで知り合い、電子書籍ビジネスを共同で始めた作家鷲頭良一《わしずりょういち》の最新作をJに見せた。

「先生はiPadの画面に釘付けになりました。キャーッと声を上げて旅のスタッフを呼び寄せ、『みんな、これを見なさい！　文学のかたちが変わる、これは革命よ！』」

画面上の本を開けば音楽が流れ、光沢あるメタリックな絵画が出現する作品は小説というより美術品の味わいだった。

「じきに紙は無くなり、仕事を失う人も出てくるでしょう。でも文化は死なない」。Jはそう呟きながら原稿用紙に「無常」と書いた。「世の中、変わらないものなんてないの」

Jは思い立ったら、我慢できない。「私がこの方に会いたがっていると言いなさい」

母袋が鷲頭に会い、Jの話をするとぎょっとしていた。

尼僧との狂おしい恋の地獄に母袋がはまっていることを知るはずもない。「そんなことよりさあ、メシだメシ。腹減った。餃子食うぞ」と鷲頭が言った。

彼は六〇年代後半の東京を舞台に、アメリカ空軍横田基地周辺に住む若者の退廃を描いて鮮烈なデビューを飾り、きらびやかで清潔な文体が時代を刻印、以来、文学の先端を走り続けていた。

そんな鷲頭が餃子を食べる箸を止め、

「俺たちは新しい仕事を始めたんだ。そこに、あんな年寄りが？　ふざけるのもいい加減にしてくれ」

Jの名前は鷲頭にとって過去の遺物そのものだった。「彼女にはもう何も残っちゃいないよ」


数日してJから連絡があった。

「鷲頭さんから手紙が届いたわ。ぜひ電子書籍をご一緒しましょうって。晃平さんが話してくれたのね」

電話の声が弾んでいた。

鷲頭さんはわかってくれたのだ。日本を代表する二人の作家が組み、電子書籍の扉が開かれる。母袋の胸は熱くなった。

Jが東京にやって来た。有明の東京ビッグサイトで国際ブックフェアが開かれ、そこで講演を依頼されていた。

「先生は『これから文学は変わります』と話しはじめました。『印刷から電子へ。文学の形態も〈無常〉なの。いいですか、世の中は無常です。だからこそ、世に合わせ変化することが大切です』」

Jと鷲頭、母袋で日比谷・帝国ホテルのなだ万で会食の席を持った。

「格の違いを感じてしまいました。自分を良く見せようとすることばかり考えている鷲頭さんに対して、先生はそれもわかってすべて包み込んでいた。鷲頭さんの電子書籍の最新作をしきりに褒め、鷲頭さんはそれを無邪気に喜んで。まあ、先生も鷲頭さんもお互いをよく知らない仲での会話でしたけど」

「うまくいったな。あの先生、出資金出すぞ」と鷲頭が呟いた。「とっとと京都に帰して、飲み直そう」

鷲頭の目当ては彼女の金だった。

副都心の高層ホテルで記者会見が行われ、社長の母袋が壇上に上がった。Jが新たな出資者として名を連ね、彼女が初めて電子書籍作品を執筆する。その会見だった。

『ふしだら』。これが新作のタイトルだった。

薄いレースが施されたカーテンと陶磁器の茶飲み。パレスホテルが取れず、御茶の水の山の上ホテルのスイートルームだった。伊東屋の原稿用紙に置かれたモンブランの万年筆。俺のような落ち着いた部屋の机に向かって正座するなり、Jは不倫小説を書き始めた。

だが、少しすると疲れて机に突っ伏し寝てしまう。

三十分待ち、一時間堪え、息を潜めて待機していた母袋は「先生！」と一喝して起こす。原稿用紙を覗いても、一文字も進んでいない。

「いい？　小説を書くことは天下の往来で素っ裸で大の字に寝っ転がるようなものなの。だから、お前なんか死んでもいいから作品を残せ、そういう気概で私に向かって来なさい。遠慮は要らない。担当のあなたにそういう気持ちがないと小説なんて書けません」

Ｊの言葉に頷いて母袋も鬼になろうとした。

「辛いよ、体が痛いよ」とＪが訴えても、「先生ダメです。書いてください」。

人気エッセイスト藤巻清明の前に、ある日突然現れた十六歳の少女。この少女が持つ不思議な魅力に魅かれ、藤巻が不用意に手に入れたものは、二度と引き返すことのできない、地獄への片道切符だった。壊れゆく家族の絆と己の肉体。苦悩の先に待ち受けていたものとは、何だったのか……。Ｊが渾身の力で書き下ろす未発表作品。

「地獄への片道切符」。これが『ふしだら』の解説である。

しかしながらJの衰弱は著しく、腰の激痛で痛み止めを手放すことができなくなった。飲めば眠くなり、薬が切れると腰かけることさえままならなくなった。

「秘書だったNさんを呼び出し、口述筆記まで試みました。でも、痛みで意識が朦朧としてしまい、登場人物が重なってしまうことも何度もあって」

食事もベッドに横たわったまま。彼女の口に母袋はスプーンで食べ物を流し込んだ。

「これじゃあ、死んだ方がましだわ」と弱音を吐き、母袋は何か切ないものを見たような気持ちになった。

Jは自分の掌を見つめて呟いた。

「この指に刻まれている指紋はなんだか未知の国の地図みたい。どこに川が流れ、山があり、どの路地に出会いがあるんだろう。私はいったい自分をどれほど知っているのだろう。あと何日この世にいるのかわからないのに、道はまだ果てしない。自分の指のうずまきを見てそう思う」

過去と未来の道筋を秘めた指紋の地図。地図のどこかにこれまで愛しあった男との足跡も残っているのだろう。

いまだ文学的格闘を続ける小さな背中。それもあと少しで透き通って消えてしまう。

「作家なんて死んでしまったら忘れられてしまうのよ。だからこそ、生きているうちに書かなければならないの」

母袋はドアを閉めて外へ出た。

「無理だ。ぼくは鬼になれない」

鷲頭は慧眼であった。彼女にはもう何も残ってはいない。


付き合って五年経っていた。

Ｊはもう九十になろうとしている。老いは一気に進む。

「先生、大丈夫です。電子書籍の良いところは筋も結末も変えられることですからと言っても、素人のあんたにそんなこと言われたくないわと怒るのです。初めて先生の老いの現実と限界を知って、とんでもないことを強いていると後悔しました。今思えば、先生は社長のぼくを男にするために何かを絞り出そうとしていたのです」

彼女が車椅子の生活になって、賑やかだった俺の人員整理が始まった。

一人減り、二人減り、専属運転手も解雇された。

「あの男、文学塾のスタッフに手を出したのよと先生はただただおかしそうに笑っていました」

がらんとした俺にはスタッフもいなくなり、Ｊとふたりだけの時間が増えた。

彼女の体が機能しなくなった。

まず耳が遠くなり、補聴器が欠かせなくなった。声が必要以上に大きくなって、甲高い声が庵に響き渡った。ヘルニアに続いて背骨が圧迫骨折し、胆のうにはガンが巣食い、つるつるだった頭にうっすら和毛《にこげ》のようなものが生えてきた。

Jは昔話ばかりした。

同じ話を、母袋は初めて聞くふりをした。

私は上京して作家になると決めてお父さんに手紙を書いた。だって先立つお金がなかったのだもの。

「お父さんは生きているけれど、どうか死ぬ前に遺産を渡してほしい。それがだめなら私は死ぬ」

度を越えた私の願いをお父さんはわかったよ、って。

私は父まで殺してしまった。

「なんと罪深い娘なのだろう。私はお父さんの命と引き換えに金を手に入れた。その金で東京に行って丹羽文雄先生の文学塾に入った。すべてそこから始まった。だから私は幸せになってはいけないの」

Jはありったけの力で母袋を自分に向けて反転させた。瞳からきらきら涙が流れていた。

「書き続けなければいけない。幸せになってはいけない」

捨ててしまった夫と子どもと新しく出会った男と、それ以降の男たち。「出会ってしまった人たちがいとおしい」。彼女の涙には小さな舟が浮かんでいるように見えた。

母袋はJを抱きしめ、彼女が辿ってきた道を想像した。

「そこまで悲しいのなら、このぼくが息子になります。あなたの慰めになります」

気分のいい時にJが教えてくれたのは宇野千代の「或る小石の話」という短編だった。「老女の作家が子どものような男と気を許しあう話よ」

仕事がら外国ばかり行っている男は帰国のたびにささやかな旅の土産を持ってくる。カナダ土産は、鯨が体を擦りつけ、まろやかになった小石だった。老女は朱色の布の上に小石を大切そうに載せ、身近に置いた。朱色の布は朱珍と言い、小石はその上で気持ちよさそうに見えた。

ある夜、男が老女の寝室に入ってきた。

ふたりは裸のまま「股を合わせた」。

「いつまでも股を合わせたままでその短編は終わっているの。私はこれくらいの小説が書けるまで、死にたくない」とJが言った。「私はまだ、死ねない」

こんな日もあった。

「晃平さん、なに塞ぎ込んでいるの?」とJが問い、

「無理です。そんなに狂えない。ぼくには妻も子どももいるんです」

彼女は吹き出した。

「今さらそんなこと言って。泣いてるの?」

ぼくは精いっぱいの反抗をしたのですと、母袋が言った。

「でも、目の前の先生は、冷たい陶器みたいな顔になって、ふん、と言ったきり黙ってしまいました」

うそ

二〇一一年、三月十一日の東日本大震災。未曾有の混乱の翌日、母袋は京都にいるJに電話を入れた。

「東北ではかなりの人が亡くなっているようです」

「テレビで見たわ。でも、こっちはまったく揺れなかったし」

彼女は無関心のように感じられた。

「震災、震災というけど、私は距離を置くのって。『ねえ、私がボケたら必ず言ってね。森光子をテレビで見たら、ボケちゃって、あの状態は可哀想。美輪明宏もそうよ。ボケてる。あの人、話にならない。自分の話ばかりして、もうダメよ』なんて、どうでもいいような、そんな話を二時間ばかりして。でもその二週間後です、NHKで先生の姿を見たのは」

母袋は驚いた。

車椅子生活のはずが、すたすた被災地を歩いている。

腰の痛みはとんでもないはずなのに、マイクを握り、被災者に向かって法話をしている。

テレビカメラと一緒にどこまでも歩いて、話して、例によって被災者を笑顔にしていた。

母袋はあっけにとられてテレビに見入った。

「私はとっても按摩《あんま》が上手なの。さあ、してあげるからこちらへいらっしゃい」

自分よりずっと若い被災者の体を揉みながら話に耳を傾け、頷き、その場を去ろうとすると「帰らないで」と抱きつかれている。

「先生はいつも作家は行動しなければならないと言っていた。さすがだなって。だって、ベッドの上でちっとも動けなかったんだから」


この年、Ｊは泉鏡花文学賞を受ける。

数え九十歳での受賞の知らせ。彼女の喜びようは尋常ではなかった。

「使いものにならない年寄りと思わず、作家として扱ってくれたことに感謝します」

金沢での授賞式には四百人を超える参加申し込みがあり、大盛況になった。「こうなったら百まで生きたい」

「もちろんぼくも駆けつけました。そして、久しぶりのふたりきりの夜。先生にとって特別な思いがあったんだと思います。もう書けないと言っていた。そんな先生を知っているから、おめでとうございますと本心から言えた。久しぶりにお酒をたくさん飲んで」

この受賞はふたりにとって特別な意味を持った。

受賞作『風景』の中の一編「車窓」はJが母袋に出会った頃に執筆していた作品だった。主人公が愛した男の名前に母袋の実名をあてていた。

受賞を機に彼女は元気を取り戻したように見えた。

平塚らいてう「青鞜」創刊から百年が経った節目の年だった。女性革命家の伝記物を電子書籍にしたいと提案してきた。

それを聞いた鷲頭は不機嫌になった。

作家の業なのかもしれない。

Jが賞を獲って、世間を賑わせ、祝いの席に母袋が駆けつけたことに嫉妬した。

「お前は先生ばかりだな。俺の方はどうなっている？　何度も言うが、あの人はもう小説は書けないぞ」

人生相談サイトも会員数が減少してクライアントも去り、ビジネスとして成立しなくなっていた。

母袋は相変わらず嘘の相談を作って京都の庵に持参した。経費削減のため、自分でカメラを廻した。未完のまま出版した『ふしだら』も売れなかった。

「先生は他の企画も提案されました。『誰もが知っている高名な作家との手紙のやりとりが残っているの。それをそのまま電子書籍にするのはどう？』とか。ありがたいことでした。でも、一方の共同出資者の鷲頭さんは『金を出してくれたんだから、もういいよ。先生には触るな』と」

母袋は京都に行きづらくなり、ファクスのみのやりとりが続いた。

「それでも先生はぼくが作った偽りの相談ごとに、手書きで答えを書いてファクスで送り返して下さった。まるで時限爆弾を抱えているような気分でした。ぼくは残り少ない先生の時間を無意味に奪っていたのです」

ある日、京都から送られてきたファクスの末尾にはこう書かれていた。

「晃平さんが書いた嘘の相談に答えるのもそろそろ終わりにしようと思います。毎回なんとも綺麗なあなたの字で丹念に嘘が並べられていました。私は騙されたふりをしてきちんと答えました。嘘だって、一生懸命つけば本当になる。私が言うのだからほんとよ。でも、もう終わり。晃平さんも辛かったでしょう。いろいろありがとう」

世田谷三軒茶屋の母袋のオフィスで火事が起きたのはその数日後。漏電火災で一切が水浸しになってしまった。

国道246号は消防車と救急車で塞がった。

未明でけが人こそ出なかったが、Jから人生相談の答えを受けていたファクス受信機も焼けてしまった。

嵯峨野の空は低い雲に覆われていた。

懐かしい縁側で母袋はJをひとり待っていた。

庵の母屋の青畳と天井の黒く太い梁。しかし、庵の中に入ることはしなかった。

しばらくしてやってきた彼女は「晃平さんを守ってあげる」と母袋の両手を握り締めた。

「火事でさぞ大変だったことでしょう」

Jは縁側から下りて地べたに座り、祈り始めた。それが何時間にも感じた。

「ちょっと待っててね」と彼女が見舞金を取りに奥に戻ったすきに、母袋は察して姿を消した。祈りだけで十分だった。金を受け取るわけにはいかなかった。

火事の始末もようやく一区切りつき、電子書籍会社の代表を降りる旨を連絡すると、Jが東京にやってきた。

新しく雇った秘書に車椅子を押されながら。秘書の女性は孫のように年が離れ、「晴美」だった時代の著作は読んでいないと公言する無邪気な娘だったが、器量が良く、何事にもはきはきと応え、気が利くところをJは気に入っているようだった。

夕方、白金のシェラトン都ホテル東京の一室だった。

Jは母袋の性格を知っていた。ダメだと鷲頭に告げられたら従うしかないということも含めて。

「母袋さん、あなたのまわりになぜ人が集まるのかわかりますか?」

彼女は母袋に言った。

「あなたがお金の話をしないから。みんな私の名前を使ってお金儲けをしている。あなたはそれをしなかった。汚いことをしなかった。それをみな知っている。母袋さんには『徳』というものがあるの。

でもね。そんな綺麗なところにいて、いったい母袋さんは生きていけるの？　奥さんと子どもを養っていけるの？　そんな生き方をしていたらやっていけなくなるわ。私はそれが心配です」


半世紀の間、聖と俗を行ったり来たりしてきたJだった。

尼僧として聖にいながら俗として文章を書いてきた。

その合間に身を置いたからこその言葉が人々の胸を打った。

清いだけでは文学は痩せ、禁断の色恋がなければ輝きを持たない。無垢と穢れ。綺麗ごとだけでは生きていけない。欠けているもの、裏にあるものも愛おしい。それは人生も同じだ。

「花は盛りに、月は隈なきをのみ見るものかは」

これは徒然草の一節である。花を満開の時だけ、月をかげりがない時だけ愛でるのではない。

　雨の中で見えない月を慕うのが情緒深い。


　Jのもとで働き始めて一週間という若い秘書は下を向いて黙っていた。

「母袋さん、私はあなたを見込んでいました。仕事を一緒にやろうと楽しみにしていた」

　車椅子の前で母袋はホテルの大きなベッドに腰かけてJの言葉を聞いた。

　母袋に言い訳の言葉はなかった。

　頭を下げ、部屋を出ようとすると、「お待ちなさい」と後ろから声をかけられた。

「これ、とても良かった。だからずっととってあったの」

　彼女は一枚のファクスを差し出した。

　丁寧に四つ折りにされた紙には「夫を亡くし、涙が止まらないのです」

との見出しがあった。
「一昨年の秋、何年もの闘病の末、他界した夫は誠実で、優しくて、最高の人でした」
それは母袋が書いた出だしだった。
「……飛行機乗りで、英語も達者でユーモアもあって。
サンフランシスコに赴任した時には毎日のようにシナトラを唄ってくれて。
『気持ちは言葉にしないと伝わらない』が彼の口癖でした。
『僕の人生で最高に幸せだったことは、君と結婚したこと』と言ってくれました」
亡くなった父を想う母のことだった。
いよいよネタが尽き、母袋は自分の母に成り代わって相談ごとを書いたのだ。

母は、父がパイロットスクールの教官として赴任したサンフランシスコについていき、母袋はそこで生まれた。家族で過ごした異国だった。

父が退職して帰国、母袋が成人すると、両親は互いの故郷岡山・津山に戻った。

一軒家を購入し、ふたりきりで余生を過ごしていたが、父は病を得て療養していた。

「あれだけ体の大きかった夫が衰えて、小さくなっていきました。

辛い看護でしたが、『元気になって』、これが私の口癖になりました。

素敵な夫でしたので、いなくなった反動で苦しさが募ります。

楽しかった頃の写真や夫の口癖を思い出し、泣きながら過ごしています。

毎日涙があふれて止まらないのです。

先生、いったい、どうしたら良いのでしょうか」

そして、もう一枚。

これまでのようにカメラに向かってではなく、万年筆で丁寧にしたためられたJの答えである。

「素晴らしい旦那さんだったのですね。

とても幸せな時間が何十年も続いたのですから、喪失感はいかばかりかと思います。

理想的な方がいなくなってしまったのだから。

この年になるまで私も愛する人を何人も失いました。

ひとりになると思い出して悲嘆にくれることもあります。だから気持ちは十分にわかります。

あのね、まずは『亡くした』と思わないことです。

あなたが思い出すということは、旦那さんがあなたのそばにいるということなのです。

お線香をあげながら話しかけてみて。

『あなた、心配しないで。どうか安心して』って。

もうひとつだけ、

あなたが寂しくて泣きつづけるのはよくありませんよ。

とにかく、ひとりの時間を減らしましょう。

明るく、楽しく生きること。

ご主人を忘れられないのは当然です。

寂しい思いをするのは仕方ないことです。心が落ち着くまで何年もかかるでしょうけど、それでも安心させてあげてね。

いつまでもめそめそしていては、ご主人は困ってしまいますよ。

何かあったらこうしてお便りをくださいね。

あなたはひとりきりではありません。私がついていますよ」

途中から母袋は涙で読めなくなった。

夫の運転で家族でワイナリーを巡り、夫の教え子の訓練生たちの世話をし、夏休みには盆踊り大会の準備をしていた母。そこで生まれた母袋は仲睦まじい母と父の姿をいつも見ていた。

止まらない涙で字が霞み、声を押し殺して泣いた。

「母袋さん、ひとかどの人物になって下さいね。私は期待しています」

「先生は、最後までぼくのことをがっかりしたとはおっしゃいませんでした。電子書籍は文学の革命だとまで言ってくれたのにぼくは何もできなかった。話が終わり、ご挨拶して外へ出るとあたりは真っ暗でした。どうやって帰ったのか、まったく覚えてないのです」

電子書籍の会社は鷲頭が引き取った。

出資金は紙切れ同然になり、母袋は途中で会社を投げ出す形になった。

『ふしだら』の版権はJに戻した。

以後、直接連絡をすることは控えた。秘書を飛び越えてはならないと思った。

一度だけ、電子書籍関連で知り合った小説家が「京都の美術大学で、J先生と対談をすることになった。ついては同行してくれないか」と連絡してきた。その小説家は母袋とJの事情は知らなかった。

「実はいろいろありまして。でも、ご一緒します。ご挨拶はしたいので」

京都に出向き、母袋は緊張して彼女を待った。

「お久しぶりですとご挨拶したのですが、先生はもう完全に、強烈に、他人行儀でした。はい、はい、わかりましたのみ」

母袋はJに峻拒《しゅんきょ》された。

「ああ、これで何もなくなったなって」

母袋は盆暮れにも庵に付け届けを欠かさなかった。そのたびに件《くだん》の秘書から礼状が届いた。

「先生は何か贈りものを差し上げるとそれ以上のものを必ず返してくださる方だった。それが他人の字で書いた文面になり、新しいエッセイを出されるたびに送っていただきましたが、そこにもサインはありませんでした」


二〇一六年に母袋の母が他界した。

「葬儀屋から電話がありました。『先方が、どなたよりも立派な花を出すようにと言っています』と。バランスがありますから適当なもので、とお返ししたのですが、『ご先方は、いやどうしてもどなたより立派なものを、とおっしゃっています。どういたしますか？』って」

「瀬戸内寂聴」と大きく書かれた札。札は直筆の墨で書かれていた。

喪主を務めた母袋は公共葬儀場には場違いに立派な弔花を母の遺影のそ

ばに飾った。

夫を失った母の哀しみを文章にして伝えた母袋だった。

「人生相談のふりをしてファクスしたものを先生は大切にとっておいてくれていたのです」

ありがたい。母袋は手を合わせた。

二〇二二年、母袋はJの足跡を追うように旅をした。

東北新幹線二戸駅には在来のIGRいわて銀河鉄道も乗り入れている。岩手はJが第二の人生を始めたところだ。

平泉の中尊寺で得度し、二戸の天台寺住職になると、原稿料と講演料を注ぎ込んで廃寺を東北有数の立派な寺に仕上げ、法話の会を催した。

何度か母袋も随行したのは夏の二戸だった。

あの日、みちのく天台寺の「あおぞら説法」には全国からバスを連ねて人々が集った。

「先生が『春』に飽きたなんて、それは嘘じゃないですか」

母袋が軽口をたたくと、Jはにっこりと微笑んだ。

「そうね。あなたがいるものね。私にとってあなたは春のような人だから」

結婚、出産、不倫、出奔、得度……。

Jは自らの人生を糧に四百冊を超える本で言葉を「書いた」。その一方、説法で言葉を「語った」。

法話での張りのある声が母袋の耳に残っている。

人、人、人――。

三千もの群衆で埋まった境内は蟻塚のように見えた。

人は悩みや不安、不満を口々に訴える。

Jはそれに耳を傾ける。それから味方になって励ます。

子どもを失った女性が近づけば歩み寄って抱きしめ、一緒に涙を流した。芥子色の法衣を着てマイクを握り、自らの愛や性をさらけ出し、私だって自殺未遂を何度も繰り返してきたのと苦難を笑いに変えながら仏の道を説いた。

「生きていること、そのものが奇跡です。苦しみさえも奇跡なんです。苦しみも喜びも仏縁につながっていくのです。だからこそ、みなさん、生きってね。生きることこそ、なによりも素晴らしい行いなのです」

諄々《じゅんじゅん》と説く法話に、そうか、生きていることを喜んでいいのだと頭を垂れる参詣者たちの顔に涙が光っていたが、その涙は人生の底辺の暗闇に差し込む幾すじかの光を投影しているように見えた。

団扇を使う群衆の様子が打ち寄せる波のようだ。向かい風は彼女の声。双方のやりとりで白波が立っていた。

「良いことも悪いことも永くは続かない。これを無常という。どんな恋愛だって長続きはしないと先生はおっしゃったが、ぼくが先生と過ごした時間は良いことしかなかった。だから、その幸せが消えないうちに身を引くことにしたのです」

烈しかったセックスが懐かしい。

「夫婦はセックスをしなくなったら離婚するべきよ」

母袋は二戸から西へ向かって手を合わせ、かつての威勢のいい言葉を思い出して苦笑した。

「とどまらずに変わってゆくことがみ仏の教える無常だとしたら、この寂しさからどうにか抜け出すこともみ仏の導きなのかもしれない。寂しさも修行のひとつ。修羅にまみれたぼくはひたすら修行の道を歩き、いつか忘却というこの哀しみもないほどの自由を得ないといけない」

耳は遠くなり、片方の視力を失い、ガンの手術も数度受けた。Jはそれでも書き続けた。

「悲しい」と「苦しい」を背負っていくのが人間で、それを書くのが彼女の仕事だった。書くことは彼女をこの世に繋ぎとめておく艫綱《ともづな》だった。そんな艫綱を解かれたらもうあの世に出帆するしかない。

「万年筆を握る右手の指が曲がったままになってしまってね」と聞いた時は辛かった。ねちっこく、七十年間、艶めいた文章を一日も欠かさず書いてきた。


先生、もう書かなくて済みますね。東北からの帰路の途中、母袋は心の中で語りかけた。

「小説で人を裏切り、泣かせたりしていましたが、それがたとえ小説の上だけだとしても、人を傷つけていることになるんです。

人生とは吸って吐いての一呼吸。先生はそうおっしゃっていた。その一呼吸の中にぼくも入っていると思うだけで安心します。その一呼吸が何万回、何百万回と繰り返されて先生を形作るのですから。先生はぼくを飲み込み、どこまでも輝いていました」

Ｊは猪牙舟に乗ってとうとう川の向こうへ渡っていった。

法名は燁文心院《ようぶんしんいん》大僧正《だいそうじょう》 寂《じゃく》 聴《ちょう》大法尼《だいほうに》の十二文字。

「先生、さようなら」

「ありがとう、良い人生だった。またね。母は五十一歳、父は五十六歳、姉は六十四歳。私だけが生きのびて。生きのびるには小説家になるしかなかったの。不倫をしようが、札つきの色好みになろうが、恥をさらしてお金を稼いでもどこからも文句を言われないから。さて、私の棺桶担いでもらうのは、どの男にしようかな」

その晩、Ｊは母袋の夢に出てきて、そう言った。

エピローグ

数年ぶりに母袋と会い、再び麴町のワインバーに通うようになって彼の話をいったい何度聞いたことだろう。

気がつくと、いつも時計の針は午前二時を回っていた。

店の名前は「ルシェ」。イタリア語で「光」を表わす。

最後まで残るのはいつも母袋と私だけだった。ワインのボトルが何本も空いたが、酔いを感じることはあまりなかった。

虚無的で勢いのなかった母袋の声色は、Jとの思い出を語る時のみ彩りを増した。

時おりの嫉妬心すら無邪気で、深刻になりすぎないところが育ちの良さを表していた。

Jは母袋の欲のなさを気に入っていたのだろう。そんな彼はJのすべてを受け入れ、Jは人懐っこい目で母袋を見上げた。母袋はJにとってまっさらな原稿用紙のような存在だった。それを私は「愛人の才能」と感じた。

ごく控えめな音量で繰り返し店に流れていたのはハービー・ハンコックのアルバム「処女航海」だった。

この作品でハービーは創造性の頂点に到達したと評されたが、抒情溢れるピアノ演奏はさながら大海原を思わせ、フレディ・ハバードのトランペット、ロン・カーターのベース、ジョージ・コールマンのテナー、トニー・ウィリアムスのドラムの一群がトビウオのように水面から跳ね、全身を日の光に当てながら空を舞うのだった。

「『作家は死んでしまえば読まれなくなるの』。これは先生の口癖だった」

と母袋が言った。

「私はこれまで四百冊を超える本を書いてきたけれど、世に残るのは『源氏物語』のほかには、管野須賀子、伊藤野枝、金子文子の評伝あたりしかないでしょう。でもそれで十分だわって」

恋と革命は一体だといわんばかりにすべての評伝にJは恋煩いを絡ませた。

管野須賀子であれば『遠い声』で自身を巡る荒畑寒村と幸徳秋水の諍いを、伊藤野枝なら『美は乱調にあり』で大杉栄との命を懸けた恋を、金子文子は『余白の春』で朝鮮人朴烈《パクヨル》との共闘と、天衣無縫にルールを破壊、時代を紊乱し、挫折しながらも周囲を巻き込み疾走を続ける女たちを描いた。

革命家の恋愛を描きながら筆者もそこにいた。男に溺れ、後悔する物語と自分の人生を重ね合わせるように。

時代の刻印者が過去を取り繕い、嘘をつき、泣き叫んだりすることこそが文学だと知らしめた作家だった。

Jは証言者の人生に入り込み、現在過去未来と行き来した。過去を回想しているのに突然登場人物が目の前に現れ、読者に話しかけもした。

Jはどこにでも人生を探して赴き、自分の体に入れ、風の流れ、小川のせせらぎ、小虫の羽音、野獣の唸《うな》りまで含めた恋情とリリシズムを作品の中に昇華させた。

「最後はぼくにおごらせてください」

母袋が用意していたのはイタリア・トスカーナの赤ワイン、ボッリジアーノだった。

ラズベリー、スミレや甘草の中に感じるミントやハーブの微かな香りに、私は母袋が通ったJの庵で花咲かせる草花を思い浮かべた。

山椒が微かに利いている。淡い色合いを口に含めば皮の渋みが消え、少しずつ開いてくる。

「熱望と後悔の香りなんです。花火が長い間隔で上がり、それを眺め、次の花火に繋ぐ余韻を嚙みしめるような心地になります」

母袋は女性シェフの方を振り向いて、「あなたも、どう?」と唇だけで微笑んだ。

嫌みのない愛嬌を彼はいつの間にか手に入れていた。

Jは過激とも思える演出と作法で、世間知らずの母袋を、色気あるいっぱしの男に仕立てあげた。

「人間を一番成長させるのは恋愛です。本ではない。学問でもない。本気で恋愛したら必ず成長します」

Jがいつも口にしていた言葉だった。

母袋は胸元のポケットから古ぼけたコースターを取り出し、しげしげと眺めた。

ステーキハウス「ぼるた」と書かれたコースターの裏には流れるような筆跡でJのサインが、下には携帯番号が書かれていた。

京都嵯峨にあるその店でJは母袋を贔屓にしようと決めたのだ。

万年筆のインクは粗い紙に滲んでいたが、その滲みはふたりが流した涙のようにも見えた。「熱望と後悔の香り……」。私は母袋が呟いた美しく抽象的な表現を味わった。

私がJの名前を最初に知ったのはいつだったのだろう。

私が通ったフランス系カトリックスクールは九段にあり、主だった行事の際には講堂の壇上に日の丸とフランスの三色旗が掲げられ、生徒は校歌とフランス国歌「ラ・マルセイエーズ」を合唱し、フランス大使が紺色のプジョーに乗ってやってきた。

制服はフランスの軍服をまね、黒のサージに金ボタンが七つという徹底ぶりだった。

教師も購買店《ブティック》や食堂の従業員も男ばかり。規律と罰則。忍耐と鍛錬。

「困苦や欠乏に耐え、進んで鍛錬の道をえらぶ気力のある少年以外は、この門をくぐってはならない」との言葉が校門に掲げられ、理事長兼校長はカトリック会派の高い地位にある神父で立て襟の司祭服《スータン》の裾を靡《なび》かせ颯爽と壇上に上った。

新学期を迎えて最初の講話だった。

「君たちは校内の桜を見たか?」

校庭に植えられた大ぶりの桜の木。

「日本の四月は一斉に桜が咲き、風景が一変する。何もかも新しい季節だ」

神父は「青春」の意味を示した。

「フランス語のブル《bleu》には憂いの意味がある。日本語の青は若さを語る。青春の青といえば肯定的、青二才の青は否定的な意味だ。この両面を君たちは考えていかなければならない」

神父の講話は週に一度、金曜のミサの後。イタリアやフランス、中国など古今東西の、歴史上の偉人の言葉を織り交ぜた説教は聞く絵巻物のようで、強い言葉に涙を流すクラスメイトもいた。

人はなぜ学ぶのか、ぼんやり生きるな、人生は短くすぐに終わってしまうのだ。ボルテージを上げ、一気に喋る彼のパフォーマンスに私は言葉の力を知った。

瀬戸内寂聴という作家がいると神父が言った。

「身を千切《ちぎ》るようにして孤独と向き合った女性である。夫の教え子と恋に落ち出奔、少女小説を書きながら研鑽を積み、自らの人生を重ね合わせるように大逆事件に連座した管野須賀子、二十九年に満たない短い生涯で三人の夫と暮らし、七人の子を産み、関東大震災の混乱の中で官憲に捕捉され井戸に捨てられた伊藤野枝ら、自由を求め全力で生きた革命家を小説に蘇らせた。文学の中に過去に生きた人物が立ち現れる。読書する幸福はこんなところにある。そして彼女は我々と同じ宗教者になったのだ」

　黒い司祭服を着た神父は、流れる水のようにさだめなく諸国を歩く一介の修行僧、雲水にも見えた。

「生ぜしもひとりなり。死するも独りなりけり」と神父は講堂の黒板に書いた。

「釈迦も犀《さい》の一角のように独り歩めと言っている。人間は孤独この上ない存在なのだ」

　神父の説教を聞いたのはJが得度した翌年だった。

　そんな高校時代を思い出しながらJの作品を改めて読み、彼女が歩んだ孤独の旅路に呆然とした。

神父は講話の最後に上田秋成の『雨月物語』のプリントを私たちに示した。

羅貫中は『水滸伝』を著して、三代にわたって口のきかない子供が生まれ、紫式部は『源氏物語』を著して、いったんは地獄に落ちたというが、それは思うに、架空の物語を書いて人々を惑わせた報いであろう。さらに、その文章を見ると、それぞれふつうとは違う珍しい趣向を凝らし、文の勢いは真に迫り、調子は低くあるいは高くなめらかで、読者の心を共鳴させる。私にも泰平の世のむだ話があって、口をついて出るままに吐き出してみれば、雉が鳴き、竜が戦うような奇怪な話である。自分でもでたらめなものだと思う。これを拾い読みする者も、当然これを信用するはずもない。だから私の場合は人々を惑わせる罪もなく、唇や鼻が欠ける報いを受けることもない。明和五年晩春、雨があがり、月が朧にかすむ夜、書斎の窓のもとに編成して書肆に渡す。題して『雨月物語』という。剪枝畸人記す。

Jはこの世を去った。唇や鼻が欠ける報いどころか、影も形も無くなった。

母袋の告白の中で、Jがベッドの上で母袋に付き添われ、自分の掌を見つめながらこんなことを呟くシーンが心に残った。

「この指に刻まれている指紋はなんだか未知の国の地図みたい。どこに川が流れ、山があり、どの路地に出会いがあるんだろう。私はいったい自分をどれほど知っているのだろう。あと何日この世にいるのかわからないのに、道はまだ果てしない。自分の指のうずまきを見てそう思う」

私はもう一度図書館に足を運んだ。

果たして、晴美時代の彼女を励まし、身を捧げ、無名のままこの世を去った小田仁二郎の作品集『触手』に同じような記述を見つけることができた。

私の、十本の指、その腹、その指のはらにも、それぞれちがう紋々が、うずをまき、うずの中心に、はらは、ふつくりふくれている。それをみつめている私。うずの線は、みつめていると、うごかないままに、中心にはしり、また中心からながれでてくる。うごかない指のはらで、紋々がうずまきながれるのだ。

（小田仁二郎『触手』）

Ｊには何人もの情夫がいた。彼女は枕元に額に入れた彼らの写真を置いていたが、最後に帰っていったのは木下音彦でも井上光晴でもなく、小田仁二郎のもとだった。

参考文献

『風景』瀬戸内寂聴／角川文庫
『いずこより』瀬戸内晴美／筑摩書房
『遠い声』瀬戸内晴美／新潮文庫
『夏の終り』瀬戸内寂聴／新潮文庫
『句集 ひとり』瀬戸内寂聴／深夜叢書社
『花芯』瀬戸内晴美／三笠書房
『田村俊子』瀬戸内晴美／講談社文芸文庫
『かの子撩乱』瀬戸内晴美／講談社文庫
『女徳』瀬戸内寂聴／新潮文庫
『場所』瀬戸内寂聴／新潮文庫
『わかれ』瀬戸内寂聴／新潮社
『吊橋のある駅』瀬戸内晴美／集英社文庫

『瀬戸内晴美作品集』／筑摩書房
『いのち』瀬戸内寂聴／講談社文庫
『瀬戸内寂聴全集』／新潮社
『瀬戸内晴美随筆選集』／河出書房新社
『瀬戸内晴美長編選集』／講談社
『爛』瀬戸内寂聴／新潮文庫
『蘭を焼く』瀬戸内寂聴／講談社文芸文庫
『わが性と生』瀬戸内寂聴、瀬戸内晴美／新潮文庫
『蜜と毒』瀬戸内晴美／講談社文庫
『わかれ』瀬戸内寂聴／新潮社
『寂聴相談室 人生道しるべ』瀬戸内寂聴／文化出版局
『余白の春 金子文子』瀬戸内寂聴／岩波書店
『日本文学全集 岡本かの子集』／集英社
『孤高の人』瀬戸内寂聴／ちくま文庫
『晴美と寂聴のすべて』瀬戸内寂聴／集英社文庫

『女人源氏物語第一巻〜第五巻』瀬戸内寂聴／集英社文庫
『瀬戸内寂聴の源氏物語』／講談社文庫
『女流作家 私の履歴書 円地文子 瀬戸内寂聴 佐藤愛子 田辺聖子』／日経ビジネス人文庫
『寂聴 残された日々』瀬戸内寂聴／朝日文庫
『ユリイカ 2022年3月臨時増刊号 総特集＝瀬戸内寂聴 1922-2021』／青土社
『瀬戸内寂聴 文学まんだら、晴美から寂聴まで』／河出書房新社
『人間失格』太宰治／角川文庫
『編集者 齋藤十一』齋藤美和編／冬花社
『醫心方 第二十八巻 「房内編」』丹波康頼撰、三島泰之訳注／泉書房
『奇縁まんだら』瀬戸内寂聴著、横尾忠則画／日本経済新聞出版
『オン・ザ・ロード』ジャック・ケルアック著、青山南訳／河出書房新社
「鷗」太宰治／『きりぎりす』（新潮文庫）所収
『鮎・母の日・妻』丹羽文雄／講談社文芸文庫

『菩提樹』丹羽文雄／新潮文庫
『北園克衛詩集』北園克衛／現代詩文庫、思潮社
『作家論』三島由紀夫／中公文庫
『こころ』夏目漱石／日本文学全集、集英社
『ふらんす物語』永井荷風／新潮文庫
『銀河鉄道の夜』宮沢賢治／角川文庫
『夜叉ケ池・天守物語』泉鏡花／岩波文庫
『毒舌・仏教入門』今東光／集英社文庫
『改訂 雨月物語』上田秋成著、鵜月洋訳注／角川ソフィア文庫

解説

佐々木恭子

ここのところ、人の本音に滅法弱い。弱いというのは、耐性がなくなっているという意味だ。というのも、私自身の人生が「役割」に覆われているからである。母であり、妻であり、会社員であり。

仕事はテレビ局のアナウンサー、である。顔と名前をさらけ出し、個性的であることを求められる一方、〝局の顔〟として自局のスタンスを言語化し、舵取りする役割を負う。その役割に対して、〝所詮演じているだけ〟と尖《とが》ったことを言うつもりは毛頭ない。むしろ私は好んで全うしたいと思っている。役割上等！　生きる意味を断然わかりやすくしてくれる装置、として。

役割に向き合う日々に、自ずと主語も慎重に使い分けるようになった。「私は」「部署としては」「会社員の立場としては」「ひとりの親としては」等々。「私は」の占める面積は減り、一方、肩にのしかかる責任は増していく。誰からも好かれたいとはさすがに思っていないが、〃誰も傷つけない〃ことは努めて心がける日々だ。

私の尖りはせいぜい、世間が性別に付随して固定的に刷り込んできた〃良き母〃〃良き妻〃〃女子アナ（もはや死語）〃像に盾突き、私を主語として語れる場が時々あれば気が済むくらいのものだ。だから、「己」の欲望を正面切ってむき出しにされると面食らって足がすくむ。自分の日常とは乖離しすぎているから。と同時に、日常という安全地帯の縁から、むき出しにされた本音を恐る恐る、巻き込まれることなく覗いてみたいと心は動く。

『J』を読む時間、文字を追うこと自体が快楽だった。最後のページにたどり着いたとき、終わるのが寂しかったほどだ。

『J』が突きつける世界は軽々と、むき出しの欲望を超えてくる。世間の倫理だとか、道徳だとか、あらゆる「〜べき」の及ばぬ世界。己の心のままに生きる、自由。

Jのモデルの大作家はよく「恋に落ちることは雷に打たれるようなもの」と評していたのを記憶しているが、役割に閉じ込めていては大暴れするような「個」を常時自由に解き放っていなければ、そもそも雷に打たれようもない。

自由の甘美さと、強さと、代償と。

三度目に読んだときに、その代償はようやく孤独だと知った。


Jを、著者である「私」は〝鬼〟と記す。


この小説は、著者である「私」がJに対峙する物語だ。媒介するのは、最後の情夫の母袋と、これまでに生み出された私小説の作品群。

冒頭、「私」は決意する。

――文字の向こうでJがにやにやしている。油断ならない女である。

人生で会った男を喰《くら》い、文章にしてしまったのだから。

「ならば今度はあなたが生贄《いけにえ》になる番です」と私は考えた。「あなたをむさぼり喰って、この手で文章にして差し上げよう」――

Ｊについて語る母袋は記憶が精緻で、饒舌である。

それまでの恋愛もスマートでそつはないが空虚であり、可でも不可でもない結婚に満足していた母袋にとって、初めて雷に打たれ、豊饒な時間となったのだろう。五十歳近くも年上の尼僧と契ることはただの好奇ではなかったのだと思う。

スペイン料理店で初めて二人で食事をし、別れ際の握手で感じた何かが、確信に変わる瞬間が好きだ。Ｊ宅の庭での会話。

――「あはれ」はね、とＪが言った。

「『あ』のあと一呼吸おいて、『はれ』と続ける。それで言葉に色がつくの」

庭の真ん中の小径をとぼとぼ歩きながら、自分は文学に生きる者と交わってしまったとため息をついた――

文学を生きる者は時空を超える。表現された創作物を通して心を交わし、過去と現在の人の四苦八苦に命を吹き込む。「私は紫式部と同じなのさ」とひとりごちるJ。書くという行為への狂気じみた欲望と覚悟に、常人では到底打ちのめされてしまうだろう。

そしてこの瞬間に、著者である私と母袋が段々同化して見えてくる。母袋は実在するに違いないが、もはやそれは大した問題ではない。向き合うのはJと「私」であり、「文学に生きる者との交わり」への嘆息は、著者自身のものでもあるのだろう。

人の虚と実を全て栄養として喰らい、研ぎ澄ませ、非情と思われるほどに対象を見つめ、描く。そのためには人の道に外れるほど愛に狂い、幼子を捨て、それでも書き続ける。書かなければ死んだも同然。鬼と化し、孤独な異界を生きることになっても。

著者の延江浩さんは、小説家であると同時にTOKYO FMのラジオプロデューサーでもある。

言葉。音楽。そして手に負えるサイズの狂気……。

延江さんを構成する要素をシンプルかつ乱暴に分けると、この三つになるだろうか。「手に負えるサイズ」が失礼に聞こえたら、申し訳ない。

延江さんは鬼になるほどの創作の狂気に憧れをもちながら、そうはなりきらないところに、作家としての自負、座標軸を構えているように思う。

言葉の定義が難しいが、延江さんは「健全な」人だ。教職のご両親に育てられ、幼少期忙しい母親の朝支度を手伝うため、ワンピースの背中のファスナーを上げるのが誇らしかった記憶があるという。また、父親は八十代後半でもなお、毎朝新聞を読んで切り抜くのが日課で、その新聞の折り方がとても丁寧できれいだった、と教えてくれた。きっと〝勤勉であり、常識的である〟ことは、受け継がれた価値観の根幹にあるのだろう。

ＴＯＫＹＯ ＦＭの社員として勤め上げ（ご本人は〝勤め上げた〟感覚は皆無だと思うが）、六十代中盤で今も最前線の現役クリエイターとして、村上春樹さん、桑田佳祐さん、山下達郎さん、松任谷由実さん……時代を牽引し、日本人の感受性を育むような仕事をする方々と対峙する。

圧倒的な表現の才能と、努力する才能をあわせ持つ「個」を前にした、「会社員」クリエイター。まだ本人も自覚をしていない表現への欲望を察したのか、井上陽水さんから発せられた「このままじゃ君、普通の会社員で終わっちゃうよ」という一言が、小説を書く決意をさせたという。それ以来、著者の中では「個」であるために小説を書き続けているのだろう。

その自負があるからこそ、圧倒的な個を前にしてもおもねることも、媚びることもなく、上質な言葉と音楽に貫かれたラジオ番組を作り続けられるのだと思う。

一方、小説を書くという行為だけで生き延びる必要もなかった。

ラジオも（テレビはさらに）、番組はプロデューサーのものだ。パーソナリティーは登場人物。彼らが人格をもってひとりでに躍動し始めるその時まで、プロデューサーは徹底的に対象として観察し、場を設定し、その人が閉じこもっている枠を揺さぶる。

自分の枠から出ておいで。もっと恥をさらしていいんだよ。表現はもっと自由でいいいんだ。繰り返し繰り返し、そのためのプロットを練る。

おそらく延江さんの中には、小説を書く時にもプロデューサーのように自分を俯瞰する存在があって、己の心のままに没入するということがないのだろう。それはラジオというメディアを通して、多くの人に〝伝わるように伝える〟役割をもったものとして、己の自我も手に負えるくらいの狂気に飼いならせるよう躾けてきたのだと思う。

俯瞰する視点の高さゆえ、ラジオと小説、両軸で作品を生み続けられているのだろう。

Jとの関係の質に変化が見え始めたころ、母袋は言う。

――「無理です。そんなに狂えない。ぼくには妻も子どももいるんです」――

鬼には、なれない。異界には、行けない。いや、行かないのか。

異界に渡ったら最後、とてつもない孤独と抱き合わせになるのだから。

「恥をさらしてなんぼ」、はプライベートな場で延江さんの口から度々聞く言葉だ。きっと、〝恥をかく〟ということと表現する行為は、著者の中で一致するものなのだろう。しかも、ある種の畏怖の念をもって。

本作『J』でも、没後、母袋の夢に現れたJに次のような言葉を語らせている。——「ありがとう、良い人生だった。（中略）生きのびるには小説家になるしかなかったの。不倫をしようが、札つきの色好みになろうが、恥をさらしてお金を稼いでもどこからも文句を言われないから」——

Jのモデルの大作家が、九十七歳、最晩年の時に十七歳の人生相談にのっている。それが一冊にまとまった『97歳の悩み相談　17歳の特別教室』では、「人生を賭けて好きなことをせよ」と何度も言葉を変えて語りかける。

そして、青春とは恋と革命なのだ、と。革命とは少しでも良くなるように尽力し続けること。

その相談の中で、子連れ離婚を迷う母親に対して告げる言葉が鮮烈だ。

趣旨としてはひとりで（経済的にも）やっていけて、新しい何かを始める情熱があるのであれば、離婚してもいい。私が離婚をした時代には、子どもを連れていくことはできなかった。今はお母さんも働けるようになって、子どもを連れて家を出られるようになって時代がよくなったと思う、と。

どうしても小説が書きたくて、幼い四歳の娘を置いて家を出た。別れてしばらくしてから大作家が娘に会いに行ったら娘は外で遊んでいて、「パパは？」と聞いたら「東京」、「ママは？」と聞いたら「死んじゃった」と返ってきたのだという。

……このいくばくかの悔いが、大作家と、役割に生きる私との距離を近づける。

孤独な異界でしか生きられなかった鬼、ではない。

人として生かされ、生き続けることの四苦八苦。波瀾万丈。地獄のような苦しみを経て、出家した。梅原猛氏の言葉を借りれば、「大乗仏教では、煩悩の強い人ほど、菩薩になれる」のだそうだ。

Jの説法、紡ぐ物語は、「文学に生きる者」にしか照らすことのできない世界だ。その言葉には、磁力が宿る。もちろん、私にとっても。〝己の心のありのまま、欲望のままに生ききる〟という、私には（そしておそらく多くの人にとって）選択しなかったもうひとつの人生を惜しげなく披露し続けてくれた存在、として。

――フジテレビアナウンサー

この作品は二〇二三年六月小社より刊行された『J』に副題を加えたものです。

J
寂聴最後の恋《じゃくちょうさいごのこい》

延江浩《のぶえひろし》

令和6年4月15日　初版発行

発行人――石原正康
編集人――高部真人
発行所――株式会社幻冬舎
〒151-0051東京都渋谷区千駄ヶ谷4-9-7
電話　03(5411)6222(営業)
　　　03(5411)6211(編集)
公式HP　https://www.gentosha.co.jp/
印刷・製本―図書印刷株式会社
装丁者――高橋雅之

検印廃止
万一、落丁乱丁のある場合は送料小社負担で
お取替致します。小社宛にお送り下さい。
本書の一部あるいは全部を無断で複写複製することは、
法律で認められた場合を除き、著作権の侵害となります。
定価はカバーに表示してあります。
Printed in Japan © Hiroshi Nobue 2024

幻冬舎文庫

ISBN978-4-344-43374-8　C0193　の 11-1

この本に関するご意見・ご感想は、下記アンケートフォームからお寄せください。
https://www.gentosha.co.jp/e/